사랑을 주세요

AI WO KUDASAI

Copyright ⓒ 2000 by Hitonari Tsuji
First published in Japan in 2000 under the title
"AI WO KUDASAI" by Magazine House Co., Ltd.

Korean translation rights arranged with Hitonari Tsuji through
Japan Foreign-Rights Centre & Shin Won Agency

이 책의 한국어판 저작권은 신원 에이전시를 통해 독점 계약한
(주)북하우스에 있습니다. 저작권법에 의해 한국 내에서 보호를 받는
저작물이므로 무단 전재와 무단 복제를 금합니다.

사랑을 주세요

츠지 히토나리 소설 | 양윤옥 옮김

북하우스

차례

1. 속마음을 감춘 카멜레온 7

2. 백조가 되고 싶은 펭귄 51

3. 한 다리로 버티는 플라밍고 73

4. 수다쟁이 구관조 135

5. 마음에 가시 돋친 선인장 199

6. 밤샘한 빨간 눈의 토끼 243

7. 어딘가에 나도 살아 있어 273

옮긴이의 말 선물과도 같은 소설 305

속마음을 감춘 카멜레온

이렇게 하면 어떨까요? 규칙을 정하는 거예요. 우리는 절대로 만나지 않는다는 규칙! 서로 우주를 향해 편지를 쓴다고 생각하는 거예요. 곧 만날 수 있는 사이라면 서로에게 사랑의 마음 같은 게 생겨서 자칫 관계가 무너질 위험도 있잖아요? 처음에 확실히 만나지 않는다는 약속을 해두면 서로가 서로를 연애의 대상으로는 여기지 않게 될 것입니다. 남녀의 성별을 뛰어넘어 참된 친구가 될 수 있는 유일한 방법일 것 같은데, 어때요?

나가사와 모토지로 님께

모토지로 님이 보내주신 뜻밖의 편지, 처음에는 어떻게 해야 좋을지 몰라 그냥 책상에 던져두었습니다. 며칠을 두고 편지가 눈에 띌 때마다 봉투를 앞뒤로 살펴보고 편지지를 이리저리 뒤집어보다 결국 다시 읽었습니다. 그리고 이렇게 답장까지. 그러고 보니 열여덟 살이 된 지금까지 한 번도 안 해본 짓을 하는 거네요.

내가 어떻게 망설이지 않겠어요? 나는 나가사와 모토지로라는 사람을 전혀 모르는걸요. 그러나 당신은 분명히 내 앞으로 편지를 보냈습니다. 낯선 사람에게서 온 편지만큼 황당하고 수상쩍은 건 없지요. 거기에 답장까지 쓰는 나는 더 이상한가?

육아원 친구에게 이 편지 얘기를 했더니, 한 친구는 우리 같은 사람들을 동정하는 것 아니면 행복에 겨운 사람들이 남을 도와주지 못해 하는 심심풀이 장난이라고 비웃었고, 또 한 친구는 매일 보내듯 가볍게 띄워본 메시지거나 어쩌면 악질적인 종교 단

체에 가입시키려는 미끼일 수도 있다면서 조심하라고 하더군요.

나도 처음에는 대충 그렇게 짐작하고 답장할 필요도 없다고 생각했습니다. 그런데 밤이 지나 아침이 오고 세상이 다시 시작되자 책상에 아무렇게나 던져진 한 통의 편지가요, 좀 이상한 말이지만 나의 유산 관리인이 세상 저 끝에서 나를 찾아 보내준 편지같이 여겨지더군요.

그러자 지난밤까지 품었던 의심은 어디론가 사라졌어요. 물론 완전히 믿는 건 아니에요. 아니, 의심을 전혀 버리지 못했다는 게 더 적절할 거예요. 그러나 의심하고 또 의심하면서도 나는 다시 편지를 펼쳐보았답니다.

그리고 편지지에 정성스럽게 써내려간 글자들을 바라보고 있으려니 거기서 배어나오는 신비한 온기랄까 다정한 느낌, 분별력 있는 마음 씀씀이, 타인에 대한 배려가 절절이 느껴졌어요. 아니, 꼭 그렇게 확신을 한 건 아니에요. 문장에 악의가 전혀 없었기 때문에 뭔가 불가사의한 유혹에 나도 모르게 빠져들어버렸거든요.

불가사의한 유혹이라니 어째 말이 이상하지만, 어쨌든 내가 외로워서 유혹에 빠졌다고 생각하지 말아주세요. 물론 외롭지 않은 건 아니에요. 그러니까 죽을 생각도 했었죠. 그건 나중에 자세히 말씀드릴게요. 아무튼 이렇게 답장을 쓰기로 한 첫번째 이유는 당신이 만난 적이 없는 나를 누구보다 잘 알고 있었다는 점 때문입니다. 태어나서 지금까지 홋카이도에서만 살았다면서 어떻게 머나먼 도쿄에 사는 내 성격을 그토록 정확히 알아맞히는지, 정말 신기했거든요.

지금까지 나는 육아원에서만 살아와서 분명 인간을 신뢰하는 힘이 부족합니다. 종교에도 관심이 없구요. 하느님도 부처님도 없다, 아니, 좀더 엄밀하게 말하면 적어도 내게는 없다는 생각으로 살아왔습니다. 그러니까 인간을 신뢰하는 능력이 부족하리라는 건 누구라도 짐작할 수 있겠지만, 당신은 그 앞에 이런 말을 붙이셨어요.

'그러나 리리카 씨는 인간을 진심으로 신뢰하고 싶다는 열망을 가진 사람이에요.'

약은 오르지만 그 말 그대로였어요. 한 번도 타인을 신뢰한 적이 없고 그럴 능력도 없는 내가 마음속으로는 그것을 몹시 바란다는 건 엄청나게 웃기는 얘기겠지요. 그러나 한편으로 평생에 단 한 번이라도 좋으니 꼭 인간을 믿어보고 싶은 게 사실입니다.

나는 인간을 좋아했던 적이 없습니다. 그것은 사랑이라든가 연애라든가 그런 통속적인 범주의 얘기가 아니고 일반적으로(무엇을 두고 일반적이라고 하는지는 마음대로 상상해주세요), 아무튼 다른 사람을 일반적으로 좋아해본 적도 없습니다. 나와 같은 처지인 육아원 친구들에게조차 유감스럽게도 나는 호감이라는 감정을 품어본 적이 없어요. 그러니 미지의 존재인 당신에게 답장을 쓴다는 건 정말 나 스스로도 이해할 수 없는 큰 사건입니다. 아는 사람들이 어쩌다 예의상 보내준 편지에도 나는 한 번도 답장을 한 적이 없습니다. 전화로 할 수 있으면 그냥 전화로 처리해버리곤 했죠.

'인간을 진심으로 신뢰하고 싶다는 열망을 가진 사람'이라고 똑똑하게 지적해준 사람이 전혀 없었던 탓도 있을 거예요. 아뇨, 내가 너무 고집이 세고 생각마저 삐뚤어진 인간이라서 아무도 직접적으로 그런 말을 해줄 수가 없었겠죠.

'리리카 씨는 모든 인간은 바보고 음험하며 모두 다른 인간을 속이기 위해 태어났다고 생각하지만 그 한편에서는 인간에게 사랑받기를 간절히 바라는 사람입니다'라고도 쓰셨지요? 그 말뿐이었다면 나는 크게 반발했을 거예요. 그러나 당신은 이렇게 덧붙이셨어요. '단지 그 방법을 알지 못해서 항상 죽고 싶은 걸 거예요'라고. 인정하고 싶지 않지만 그 말도 맞는 말이에요.

나는 사교적인 사람이 못 돼요. 그러나 이곳에서는 도리어 친구들과 잘 어울리는 애라고들 생각해요. 내심으로는 명랑한 것도 아닌데 겉으로만, 즉 내가 태어나면서부터 만들어온 사회적인 껍데기나 가면만을 보고 주위 사람들, 특히 이 별빛 육아원

속마음을 감춘 카멜레온 11

선생님들은 나를 명랑한 인간이라고 규정하나 봐요. 그러니 나는 한층 더 고독, 아니 고립되어 있는 거지요. 그렇다고 꼭 내가 육아원에서 자랐기 때문에 성격이 어두워진 건 아니에요.

나는 사랑이라는 말이 구역질이 날 만큼 싫어요. 어쩌면 사랑이니 뭐니 그런 말을 만들어낸 사람의 명랑성과 낙천성이 너무너무 부러운 건지도 모르지요. 그래서 사랑하거나 받는 것에 무조건 반발심이 생겨요. 그러나 나는 다른 애들처럼 폭력을 쓰거나 반항하는 짓은 하지 않아요. 아무리 지독한 학대를 받아도 이곳을 탈출하는 짓도 안 해요. 그저 내가 할 수 있는 한껏 이 세상을 묵살해줄 뿐이죠. 그러나 부디 오해하지 말아주세요. 내가 버림받은 아이라서 사랑을 이해 못하는 건 아니니까요. 단지 사랑받는 척하려는 세상 사람들과 똑같은 인간으로 취급받고 싶지 않을 뿐이에요.

그렇잖아요? 세상의 99퍼센트는 거짓이에요. 저마다 행복하다는 얼굴로, 내심으로는 외로우면서도 외롭지 않은 척 거짓을 흩뿌리고 다니지요. 그리고는 집에 돌아가서 정신없이 메일이나 채팅 따위에 매달리는 꼬락서니, 정말 너무 바보 같아서 동정할 가치도 없어요. 그저 어이가 없을 뿐이죠.

가짜 사랑을 주고받으면서도 마음이 편한 사람들, 부럽다고 하면 뭐 그렇다고도 할 수 있겠죠. 그러나 언젠가는 드러나버릴

얄팍한 가면을 뒤집어쓰고 살 바에는 차라리 못나긴 해도 맨 얼굴로 살아가는 게 더 속 편해요. 언제나 그렇게 생각하며 살아왔습니다. 그래서 죽음에의 그리움은 즉 거짓으로부터의 이탈이라는 아름다운 울림으로 내게 다가오고 나를 유혹합니다. 당신은 이렇게 말씀하셨죠.

'죽음을 그리워하는 것은 사랑을 신뢰하는 것과 똑같아요. 그렇다면 참된 사랑을 찾아내고 거기에 흠뻑 젖는 인생을 경험해 보는 것도 나쁘지는 않겠죠?'

어째서 그런 말을 할 수 있죠? 나는 당신이 누구이며 어떤 사람이고 어떤 이유로 내게 이런 간섭, 아니 동정을 기울이는지 알고 싶어 참을 수 없습니다. 솔직히 당신의 편지에 끌려들고 있지만, 그만큼 화도 나요. 엄청나게 거대한 세력이 당신의 배후에 있고 나는 그 덫에 걸린 어린 양일지도 모른다는 상상이 드니까요. 그러나 지금의 나는 어떤 마수에 걸려들어도 잃을 게 아무것도 없어요. 그러니까 이렇게 답장을 쓰는 거겠죠? 지나친 간섭이라는 생각에 짜증도 났지만요.

밑바닥 인생을 살아온 내게 낯선 사람이 보낸, 잘못 걸려온 전화 같은 편지. 처음에는 너무 웃기는 사건일 뿐이었어요. 아니, 따분하기 짝이 없는 내 인생에 아주 작은 웃음거리로 꼭 알맞은 정도였지요. 나는 편지를 경멸의 시선으로 육아원 친구들과 함께 돌려 읽으며 마구 비웃었고, 제대로 읽지도 않고 책상 위에 내던지고는 잊어버린 채로 지냈습니다.

그런데 어째서 그 편지를 찢어버리지 않았을까요? 실컷 비웃으면서도 그 편지에 관심이 갔었나 봐요. 다시 편지를 펼치고 글자들이 눈에 박힐 만큼 수없이 읽었습니다. 그리고 마침내 이렇게 답장을 쓰게 되었네요.

편지를 쓰다 보니 뭔가 마음이 편안해지는 것 같아요. 마음이 유순해졌다고 하면 좀 과장이겠지만, 항상 하고 싶은 말을 가슴속에 묻어두고 살아온 나로서는 어쩐지 구원을 받았다는 느낌도 들어요. 구원을 받았다는 말이 나오니까 생각나는데, 요즘 나는 죽음이라는 몽상에 사로잡혀 있어요. 한 달 전에도 자살을 시도해서 한바탕 소동이 일어났었어요. 올 들어 자살을 생각했던 것만도 수십 번, 실제로 행동에 옮긴 건 이번이 처음이지만요. 그런데 죽음이란 꽤 간단한 것 같아도 의외로 복잡한 수속을 거치지 않으면 저 세상으로 쉽게 데려가주지 않더라구요.

당신의 편지에 적혀 있던 '죽음을 동경하는 것은 사랑에 대한 믿음이 강하다는 것이다'라는 한마디는 내 마음속에 깊이 파고들었습니다. 보통 사람이라면 그 의미를 이해하기 힘들겠지만…… 나는 사랑을 믿을 만한 용기가 없어 결국 죽음이라는 간편한 결론을 선택하려고 했나 봐요. 불행히도(아니 다행이라고 해야 되나요?) 실패하고 말았지만요. 손목 긋는 방법이라고는 영화에서 본 게 고작이었으니 실제로 어디를 어떻게 그어야 하는지 내가 어떻게 알겠어요? 머릿속에 그저 죽는다는 생각만 가득한 상태에서 문득 정신을 차리고 보니 커터로 손목을 5센티미터쯤 그어놨더군요. 그러나 그 정도로는 죽지 않는 모양이에요. 이상한 말이지만, 인간이란 뜻밖에도 튼튼한 존재 같아요. 일찍 발견된 탓도 있지만요.

육아원 친구들은 동정을 받으려는 자살쇼라고 따갑게 쏘아붙였어요. 사실 손목을 긋기는 했지만 그 다음에 어떻게 해야 좋을지 몰라 그냥 주저앉아 있었거든요. 그러다 육아원 직원에게 발견되어 곧바로 구급차에 실려 병원으로 직행! 커터가 동맥에 닿지도 못했기 때문에 생명에 별 지장이 없었던 것은 물론이고 약간의 출혈 외에는 멀쩡하게 하룻밤만에 퇴원했어요. 그렇게 어설프기 짝이 없는 짓을 했으니 친구들에게 욕을 먹어도 싸죠 뭐.

원장이 이번 사건을 어떻게든 덮어버리려고 경찰에 단순 사고로 보고했기 때문에 내 최초의 자살 시도는 그렇게 어둠에 묻혀버렸습니다. 그럴 수밖에 없는 게, 현재 별빛 육아원은 원장을 비롯한 몇몇 선생님들의 장기간에 걸친 아동 학대가 문제가 되어 한창 매스컴의 주목을 받는 중이거든요. 이런 때 내 사건이 바깥에 드러나기라도 한다면 다시 매스컴의 공격을 받을 게 뻔

하니까 선생님들이 잔뜩 겁을 먹는 것도 당연한 일이겠죠.

이곳 육아원의 생활을 일일이 늘어놓는 건 우습지만, 아동 학대는 내가 어렸을 때부터 일상적으로 자행되었고 인간을 인간으로 취급하지 않는 폭군, 사사키 원장 밑에서 아이들은 날마다 공포에 떨어야 했습니다. 그래서 도망치는 아이가 속출했구요. 그중 몇몇 아이들이 신문사에 이곳의 상황을 호소했어요. 그 때문에 작년부터 매스컴에서도 우리 육아원에 대해 떠들게 되었고 육아원 측에서도 학대를 자숙하던 참이었어요. 그런 지경이 되도록 왜 학대가 발각되지 않았는지 이상하다고 생각하겠지만, 구청이나 시의 아동 상담소에 찾아가도, 경찰서에 가봐도(시장에게 편지를 쓴 적도 있었어요) 적절한 대책을 세워주지 않았답니다. 그러기는커녕 고아들이 하는 말이라며 믿어주지도 않았고 아예 들으려고 하지도 않았어요. 힘들게 도망쳤던 아이들은 다시 이곳으로 되돌아왔고 한층 더 심한 학대를 받는 처지가 되었구요. 그런 일이 거듭되었기 때문에 나는 차라리 나를 희생시키자고 줄곧 생각했습니다. 저항이 아니에요. 묵살이랍니다. 이런 사회를 힘껏 무시하고 묵살해주기 위한 인간으로서의 마지막 수단이니까요.

재미있는 건 자살 시도라는 큰 사건을 저질렀는데도 나는 전혀 꾸지람을 듣지 않았어요. 오히려 이런 시기에 같은 일이 또 일어나면 곤란하다고 판단했는지 저 악마 같은 원장까지도 나를 부스럼 다루듯 조심조심 대하고 때로는 다정한 척까지 해주고 있어요. 내가 이곳에서 가장 오래 있었다는 것도 이유 중의 하나겠지요. 이 사회가 내 발언을 조금은 진지하게 들어주게 되었다고나 할까요. 그러나 육아원의 학대를 호소하려고 죽을 생각을 한 건 아니에요. 내가 가진 죽음에의 갈망은 인간 그 자체에 대한 절망에서 온 것입니다. 물론 이곳에서의 생활이 영향을 미친 건 사실이지만, 나로서는 나를 버린 부모나 사회 그 자체에 대한 원한이 이곳에서의 학대보다 훨씬 더 컸으니까요.

아아, 어째서 전혀 알지도 못하는 당신에게 이런 긴 편지를 쓰고 있는지, 내 마음이지만 정말 정리가 되지 않네요. 내가 진짜로 외로운 모양이에요. 아마 당신이 노리던 게 바로 이런 점이겠지요? 어떤 음모가 있을지 모르는 당신에게 내 모든 것을 털어놓는 나는 그만큼 외롭다는 얘기겠네요. 내가 참 한심하다는 생각이 들지만, 이미 마음도 신경도 영혼도 마비되었는지 아무래도 몸이 말을 듣지 않네요.

내가 과연 이 편지를 우체통에 넣을까? 편지를 쓰면서도 잘 모르겠습니다. 당신은 대체 누구죠? 어째서 내게 편지를 보냈죠? 뭐, 상관없긴 하지만, 그래도 자꾸만 마음에 걸리네요. 그러나 기다리는 건 원래부터 소질이 없는 터라 당신에게 답장을 기대하진 않을래요. 그저 내 마음을 허공에 띄워보내듯 이 편지를 써봤습니다. 그냥 그것뿐이에요. 그냥 그것뿐인 의미 없는 편지…….

이렇게 긴 편지는 태어나서 처음 쓰는 거라 엄청나게 시간이 걸렸어요. 사전을 수없이 펼쳐보고 익숙하지 않은 용어를 찾아가며 쓰느라 글씨가 엉망일 거예요. 게다가 유치한 문장, 용서하세요.

10월 10일
도오노 리리카 드림

도오노 리리카 님께

내가 누구냐는 질문에 대답하기 전에, 우선 리리카 씨에게 왜 편지를 썼는지 그 얘기부터 해야겠군요.

리리카 씨가 자살 미수 사건을 일으킨 직후, 별빛 육아원의 어느 선생님께서 내게 한 통의 편지를 보내왔습니다. 내용은 당신을 격려하는 편지를 써달라는 것이었습니다. 그 사건의 정황도 편지에 상세하게 적혀 있었고, 더불어 평소에는 얌전하고 성적도 우수하며 영리한 학생이라고도 적혀 있었습니다.

사실은 나도 육아원 출신입니다. 지금은 하코다테 산에서 케이블카 운전을 하고 있지만, 다섯 살 때 부모에게 버림받아 이곳 하코다테의 육아원 '우애원'에서 자랐습니다. 5년 전에 하코다테 케이블카 주식회사라는 곳에 취직했어요. 케이블카 운전기사라고는 해도 산중턱의 역에서 오르락내리락하는 케이블카를 바라보며 조작하는 일을 합니다. 하루 종일 운전만 하는 건 아니고 산정역과 산중역의 케이블카에 타고 내리는 손님들을 안전하게 인도하기도 합니다. 아무튼 케이블카가 무사히 위로 올라갔다가 아래로 내려오는 것을 확인하는 게 내 일의 전부이지요.

이야기가 빗나갔지만, 당신을 격려해주라는 부탁을 해온 선생님은 내가 살던 시설의 선생님과 예전에 한곳에서 근무하던 동료였다고 합니다. 이러저러한 학생이 있는데 비슷한 처지를 서로 위로하고 격려해줄 오빠 같은 사람이 없겠느냐고 그분이 내 예전의 담임 선생님께 연락을 해온 게 한 달 전쯤, 그러니까 리리카 씨가 자살 미수 사건을 일으킨 직후지요. 어째서 내가 선택되었는지는 모르겠지만, 어떻든 그 얘기가 나한테까지 오게 된 거예요. 아마 나에게도 당신과 비슷한 나이 때에 똑같은 경험, 즉 자살을 기도했다가 실패했던 경험이 있기 때문일 거예요. 어떻든 내 예전의 담임 선생님의 간곡한 부탁에 마음이 움직여 자신은 없지만, 한번 해보자는 생각에 그 역할을 받아들이게 된 것입니다.

그러나 막상 첫번째 편지를 쓰다 보니 내 주제넘은 성격이 적잖이 부끄러웠습니다. 한 번도 만나보지 못한 사람을 격려하다니, 그렇게 어렵고 힘든 일을…… 그런 일을 간단하게 받아들인 나 자신의 무책임과 자만심이 부끄러웠습니다. 그래서 지난번에 보낸 편지를 쓰는 데 꼬박 이틀이나 걸렸습니다.

지나친 참견이라는 말도 맞고, 음모가 있다는 말도 어느 면에서는 맞는지 모릅니다. 그러나 세상은 리리카 씨가 생각하는 만큼 끔찍하지는 않아요. 당신이 현재 머물고 있는 육아원도 전부 나쁜 선생님들만 있는 건 아니라는 점도 꼭 알아주었으면 합니다. 그 선생님이 부디 자기 얘기는 비밀로 해달라는 부탁을 했지만, 내가 편지를 보내게 된 경위를 비밀로 하기는 어렵네요. 갑작스레 그런 편지를 받는다면 누구라도 이게 뭔가 의심하고 이상하게 생각하겠지요. 어차피 언젠가 밝혀질 테니까 일찌감치 내가 말하는 게 더 현명할 것 같네요. 그 선생님은 리리카 씨도 잘 아는 미하라 노리코 선생님입니다.

그 선생님을 직접 만난 적이 없어 보내주신 편지를 통해 판단하는 수밖에 없지만, 진심으로 리리카 씨를 염려하시는 것 같았어요. 항상 책만 읽고 친구도 별로 없는 조숙한 리리카 씨에게 나이도 비슷하고 서로 처지도 같은 연상의 상담자를 연결해 어떻게든 세상과 이어주려고 했으니까요. 역시 엄청난 음모가 감춰져 있었지요? 생각해보니 이건 꽤 커다란 음모네요. 그러나 미하라 선생님은 나름대로 진지하게 고민한 끝에 고안해낸 방법이니 오해하지 마시길 바랍니다. 저 또한 무슨 자원 봉사나 하겠다고 시작한 건 아닙니다. 나와 비슷한 인생을 경험한 당신에게 약간 나이를 더 먹은 내가 뭔가 해줄 일이 있을 것 같다는 생각에, 좀 과장스럽긴 하지만 마치 여동생에게 보내는 마음으로 편지를 썼습니다. 설명이 너무 지루했나요? 어떻든 지금까지의 사정은 충분히 이해했으리라고 생각합니다.

뭔가 불만이 있을지도 모르지만 어쨌건 미하라 선생님은 육아원에서 당신과 가장 사이가 좋은 선생님이시겠죠? 그러나 당신이 보내준 답장에 세상 그 누구도 믿지 않는다고 쓰여 있었던 걸 보면 혹시 미하라 선생님 혼자만 그렇게 생각하시는지도 모르겠군요. 어떻든 미하라 선생님은 분명히 그렇게 말씀하셨습니다. 당신을 무척 아끼고 사랑한다고요. 별빛 육아원이 구조적으로 문제가 있고, 원장도 문제가 많은 사람이라는 점에 대해서도 안타까워했습니다. 자신의 힘이 부족해서 아이들을 제대로 지켜주지 못한다는 말도 언뜻 내비쳤어요. 나는 그분이 보내주신 정성스런 편지를 보고 믿을 만한 분이라고 생각했습니다.

리리카 씨는 이제 반년 후에는 육아원에서 나가야 하는 나이가 되죠? 미하라 선생님은 졸업 후의 일을 걱정하고 계셨습니다. 자신이 이제는 리리카를 돌봐줄 수도 없게 되었다면서요. 또 언제 자살을 시도할지도 모르는 터라 우선 상담할 만한 상대라도 만들어주면 적어도 브레이크 역할은 해줄 수 있을 거라고요. 미하라 선생님으로서는 자신에게 한마디 상의도 없이 자살을 하려고 한 당신이 걱정되는 한편 굉장히 섭섭하기도 했을 거예요.

변변찮은 친절을 베풀고 참견은 많이도 한다고 생각할지 모르지만, 그 선생님은 나름대로 당신의 장래를 진심으로 걱정해서 내린 판단이었을 겁니다.

이걸로 내가 리리카 씨에게 편지를 쓴 이유를 알게 되었을 텐데, 어때요, 혹시 기분이 상했나요? 자존심을 다치게 하지는 않았는지 마음에 걸리지만, 솔직하게 말하자면 내가 보낸 편지는 리리카 씨를 격려하기 위해 쓴 것이 아니라 열여덟 살 때 죽으려고 했던 나 자신에게 보낸 편지이기도 합니다. 그때 나는 외톨이였고, 누구에게도 내 마음을 밝힐 수가 없었죠. 죽음을 동경하는 것은 사랑에 대한 믿음이 강해서라고 했던 것도, 그때 나도 그랬지 하는 마음에서 당시의 나 자신을 향해 던져본 말이기도 합니다. 미하라 선생님의 부탁을 구실로, 혹은 리리카 씨와의 우연한 만남을 구실로 어디에도 풀 길이 없었던 열여덟 살의 나 자신에게 어른이 된 스물세 살의 나 자신이, '사실 너는 인간을 믿고 싶어서 몸부림쳤던 아이였어'라고 한마디 해준 것이지요.

내가 자랐던 육아원에서도 그와 비슷한 학대가 있었습니다. 나는 그래도 세상 사는 요령이 좋은 편이라 그다지 지독한 체벌을 경험한 적이 없었고 내 처지를 하염없이 서글퍼하는 편도 아니었습니다. 그러나 학대를 받는 다른 어리숙한 친구들을 곁에서 지켜보노라면 공연히 가슴이 답답하고 그게 마치 내게 겨누어진 칼날 같은 느낌이 들곤 했습니다. 그래서 나도 모르게 비관적인 사고방식을 갖게 되었던 것 같아요. 무엇이 나를 죽음으로 몰아갔는지, 그때는 전혀 알 수 없었습니다. 외롭다든가 하는 그런 단순한 이유가 아니라, 뭐라고 해야 좋을까…… 이를테면 허무감으로 가득 채워진 통조림 같은, 그런 기분 말이죠.

사회에 나온 뒤에는 조금 뻔뻔해졌다고 할까, 약간은 긍정적으로 살아갈 수 있게 되었습니다. 아마 회사에서 만난 동료들이 좋은 사람들이었던 탓일 거예요. 정말 행운의 만남 덕분에 그 이후로는 한 번도 자살을 생각한 적이 없습니다. 나 같은 사람을 받아주는 곳이 있다는 믿음이 생겼기 때문이지요. 어디에도 발붙일 곳이 없던 내게 처음으로 주어진 정착지가 케이블카 운전기사라는 직업이에요. 나는 이 직업을 천직으로 믿고 지금은 평범하게, 그래요, 정말 평범하게 살아갑니다. 그렇기 때문에 나는 리리카 씨의 마음을 완벽히는 아니더라도 이해할 수 있고, 리리카 씨를 조금이나마 격려해줄 수 있다고 생각합니다.

나는 매사에 그저 좋은 게 좋은 두루뭉술한 성격에다, 나와 비슷한 처지의 사람을 보면 그냥 지나치지 못하는 단순한 성격이기도 합니다. 그러나 리리카 씨를 불쌍하다고 동정하고 속일 마음에서 편지를 보낸 건 아니라는 것만은 꼭 알아주세요. 변변찮은 설명이 되고 말았지만, 리리카 씨에게 내 진심이 전해지기를 간절히 빌 뿐입니다. 만약 괜찮다면 한동안 서로 편지를 주고받는 건 어때요? 괜히 선배 대접을 받자는 것도 아니고, 부모 없는 사람들끼리 뭉치자는 것도 아닙니다. 그보다는 뭔가 특별한 인연이라는 느낌이 들어서요.

특별한 인연······.

이 지상에 수십 억의 인간이 존재한다는 점을 생각하면 정말 신기하지 않나요? 그런 확률 속에서 우리가 이렇게 만난 건 천문학적인 만남이라고 생각하고 있어요. 그만한 인연이었기 때문에 당신도 내게 답장을 보냈겠죠? 나는 그런 인연을 소중히 여기고 싶습니다.

리리카 씨는 마음을 털어놓을 만한 사람이 있나요? 예전에 나는 그런 친구가 없었습니다. 직장에 다니기 시작하면서 요즘은 회사 안팎으로 많은 친구들이 생겼지만, 죽음을 생각했던 그 무렵에는 누구에게도 속마음을 털어놓을 수 없어 괴로웠습니다. 언젠가 리리카 씨도 죽음의 유혹에서 벗어나 살아 있기를 정말 잘했다고 기뻐할 날이 분명히 있을 거예요. 나는 그걸 잘 아니까 더욱더 당신에게 그런 진실을 전하고 싶어요. 정말 주제넘은 얘기지만요······.

지금 나는 살아 있길 정말 잘했다고 생각합니다. 그런 내 마음을 당신에게 전하고, 인생은 이제부터 시작이라는 말도 전하고 싶습니다. 천애고아로 살아온 나였기 때문에 리리카 씨가 여동생이 되어준다면 더없이 기쁠 거예요. 그런 마음으로 편지를 주고받고 싶습니다.

요즘 유행하는 메일도 좋겠지만 손맛이라고 할까, 편지는 그런 게 확실하게 느껴지지 않나요? 서랍에 넣어두었다 이따금 꺼내 읽고 향기도 맡아보고, 글씨를 통해 마음의 움직임까지 느낄 수 있는 게 편지잖아요. 그런 느낌이 너무도 소중해서 나는 메일보다 편지를 좋아해요. 일일이 우체통에 넣으러 가야 하는 번거로움까지도 소중하다고 생각하니까요.

그냥 편지를 주고받으면 어쩐지 멋이 없는 것 같아 작은 제안을 하나 해볼까 해요. 나도 때로는 고민거리가 있고 누구에겐가 진실한 마음을 털어놓고 싶을 때가 있어요. 그러면 우리, 서로의 편지를 통해 둘만의 비밀을 가져보는 건 어떤가요?

우리가 주고받는 편지에는 누구에게도 말할 수 없는 진실만을 쓰겠다는 약속을 하는 거예요(우와, 이거 정말 좋은 아이디어다!). 내가 생각한 것이지만, 이 아이디어에 뭔가 기분 좋은 떨림을 느낍니다. 우리는 서로 본 적도 없으니까 거리낄 게 없잖아요. 우리가 알게 된 건 미하라 선생님과 내 예전의 담임 선생님이라는 제삼자의 도움 덕분이었지만, 리리카 씨는 이제 곧 졸업

할 테고 사회에 나가면 이제 육아원 선생님과는 직접적인 관계를 가질 일도 없으니까요.

본 적도 만난 적도 없는 사람들끼리 서로 진실만을 털어놓는 것이 가능할지는…… 글쎄요, 물론 한 번에 마음을 여는 건 나도 리리카 씨도 불가능하겠지만, 앞으로 시간을 두고 우리의 비밀을 나누고 싶어요.

이렇게 하면 어떨까요? 규칙을 정하는 거예요. 우리는 절대로 만나지 않는다는 규칙! 어이없는 소리인지도 모르지만, 나는 꽤 재미있을 거 같은데, 어떤가요? 서로 우주를 향해 편지를 쓴다고 생각하는 거예요. 곧 만날 수 있는 사이라면 서로에게 사랑의 마음 같은 게 생겨서 자칫 관계가 무너질 위험도 있잖아요? 물론 리리카 씨가 나를 사랑하는 일은 없겠지만, 내가 리리카 씨를 사랑할지도 모르잖아요. 처음에 확실히 만나지 않는다는 약속을 해두면 서로가 서로를 연애의 대상으로는 여기지 않게 될 겁니다. 그렇게 되면 그야말로 편지 속의 세계에서만 성립되는 행복한 관계를 언제까지나 이어갈 수 있을 거예요. 남녀의 성별을 뛰어넘어 참된 친구가 될 수 있는 유일한 방법일 것 같은데, 어때요?

인간은 서로 얼굴을 마주하는 바람에 곧잘 일을 그르치죠. 서로 만나지만 않는다면, 아니 아예 처음부터 만나지 않기로 못 박

아둔다면 진실한 마음의 교류만 이어질 겁니다. 그야말로 순수한 관계를 구축할 수 있는 훌륭한 아이디어 같지 않나요? 그렇다면 우리의 편지는 평생 이어질지도 모릅니다. 평생이라니, 이건 좀 과장인가? 최소한 서로 마음이 내키는 한 계속할 수만 있어도 좋겠죠.

나는 아직 마음속을 전부 다 털어놓을 수 있는 친구는 없습니다. 이제 겨우 스물세 살이니까 그럴 수밖에 없지만, 그래도 마음을 속속들이 털어놓을 친구라는 게 항상 그리워요. 서로 모든 것을 다 알면서도 평생 만나지 않을 친구…… 너무 신비스럽고 로맨틱하고 멋지지 않습니까? 리리카 씨가 찬성해준다면 나는 이 엉뚱한 아이디어를 꼭 실천해보고 싶군요.

우선 나부터 아직 아무에게도 밝힌 적이 없는 얘기 몇 가지를 털어놓을게요. 우선 첫째로, 나는 다섯 차례 자살 시도를 했습니다. 마지막은 고등학교 3학년 때였는데, 감기약을 꿀꺽꿀꺽 마시고 사흘 동안 생사의 기로를 헤맸습니다. 아차, 이건 비밀이라고 할 수도 없는 일이군요. 이 지역 신문에 그 기사가 실리는 바람에 주위 사람들도 모두 알고 있는 일입니다.

그럼 이건 어때요? 나는 아직 여자를 사귄 적이 없습니다. 나를 좋아한다는 고백을 들은 적은 있지만요. 정말 어쩌다 한두 번 있었던 일이지만, 무슨 착각을 했는지 나 같은 사람을 좋아해준 여자들이 있었습니다. 그러나 사랑으로 발전한 적은 한 번도 없었어요. 내가 누군가를 좋아했던 적도 아직까지는 없습니다. 여자를 마주하면 무지하게 긴장하는 성격 때문이죠. 편지를 통해서는 이렇게 유창하게 내 생각을 전할 수 있지만, 얼굴을 마주하면 그게 안 돼요. 그래서요, 쑥스럽고 이상한 얘기지만, 나는 스물세 살이 된 이 나이까지 아직도 여자 경험이 없습니다. 이제 겨우 두번째 편지인데 이런 얘기까지 하다니. 그러나 규칙을 정하기 위해서는 이런 정도의 얘기는 대범하게 고백해야겠지요? 좀 부끄럽더라도 서로 진실만을 얘기하는 사이가 우리 편지의 목표이니까요.

나는 리리카 씨처럼 인간이란 믿을 수 없다, 사랑할 수 없다는 주의는 아닙니다. 그럴 만한 배짱이 없는 거지요. 사랑하고 싶어 죽을 지경인데도 아직껏 제대로 도전 한번 못했을 뿐이에요. 어지간히 미련하죠? 사랑을 하지 못하는 게 아니라 사랑하는 방법을 모른다는 게 적절한 말이겠네요. 그것이 내 진실한 모습입니다.

답장 기다릴게요. 마음이 내킬 때, 언제라도 좋으니 편지해주세요.

이상하게 말이 많았네요. 오늘은 이만 펜을 놓겠습니다. 리리카 씨가 분명 내 마음을 알아줄 것이라고 믿고 있어요. 왜냐하면 리리카 씨는 인간을 신뢰할 수 있기를 간절히 바라는 사람이니까요.

10월 18일
나가사와 모토지로 드림

나가사와 모토지로 님께

곧바로 답장을 하지 못했습니다. 미안해요.

갑작스럽게 펜팔을 제의하셨지만 지금껏 그런 권유는 한 번도 받아본 적이 없었어요. 게다가 미하라 선생님의 조종(약간 비꼬는 소리예요)에 의한 것이라는 점도 어쩐지 마음에 들지 않아 고민을 많이 했구요. 물론 다른 과격한 사람들에 비하면 미하라 선생님이 그나마 나은 편이지만, 그래도 나에 대해 그렇게까지 걱정했다는 건 믿어지지 않아요. 물론 의심하기로 들면 한이 없는 것이기는 하지만요.

나도 이제 무시 못할 만큼 나이를 먹어서 그런지 요즘 들어 미하라 선생님도 꽤 잘해주시긴 하지만, 내가 초등학생 때는 정말 심술궂었다구요. 친엄마의 마음으로 너희를 대하니까 이렇게 화도 내는 거라고, 때릴 때마다 변명 같은 말을 늘어놓곤 했죠. 번번이 말썽을 부린 건 우리였으니까 혼내주고 싶기도 했을 거라고 이해는 하지만, 내 오른쪽 뺨에 남은 작은 점은 초등학교 3학년 때 미하라 선생님이 연필로 찔러서 생긴 거예요. 다정할 때와 화났을 때가 너무 달라서 어느 게 진짜인지 아직도 종잡을 수가 없어요. 뭐, 이제 곧 이 육아원과는 이별이니까 상관없는 일이지만요.

미하라 선생님이 당신과 나를 연결해주려는 배후에 뭔가 다른 의도가 있을 거라는 생각이 떠나질 않아요. 요즘 신문이며 방송에서 별빛 육아원의 학대 문제를 떠들고 있는 판에 내가 자살이라도 했다가는 큰일 나니까 급히 모토지로 씨에게 부탁했을 게 뻔해요. 친구들 사이에 사사키 원장과 미하라 선생님이 연인 사이라는 소문까지 퍼져 있으니까요. 하긴 어디까지나 소문이라서 진짜인지 거짓말인지는 확실하지 않지만요.

이런 식으로 의심을 하면 한이 없을 것 같아 직접 선생님에게 물어봤어요. 당신에게 편지를 받았다는 얘기를 했지요. 그랬더니 미하라 선생님은 걱정이 되어서 상담 상대가 되어줄 마음 착한 또래를 수소문했었노라고 정직하게 자신이 관여되어 있었다는 것을 밝히더군요. 눈물까지 글썽거리며, 열심히 살아주기를 바라는 마음에서 상담자를 만들어주자는 게 그만 지나친 간섭이 된 것 같다고 덧붙였어요. 그 말에 나도 모르게, 정말 지나치셨다고 감정적으로 쏘아붙이고 말았습니다.

미하라 선생님이 쳐놓은 덫에는 절대로 걸려들지 않겠다고 며칠 동안 마음을 굳게 닫고 있었습니다. 그러나 사나흘 전의 밤중에 다시 한번 당신이 보내준 편지를 책상 서랍에서 꺼내 읽어봤습니다. 아뇨, 사실은 날이 훤히 밝도록 그 두 통의 편지를 수도 없이 읽고 또 읽었어요. 미하라 선생님이 어떤 의도에서 그런 짓을 벌였건 그것과는 상관없이 이 편지에 응하고 싶다는 마음이 온종일 나를 뒤흔들었어요. 그러고는 더이상 참을 수가 없어 학교에서 돌아오자마자 이렇게 답장을 쓰고 있습니다.

너무나 외로워서, 혹은 누군가가 내 마음을 알아주기를 바라는 마음에서 답장을 쓰는 것은 아닙니다. 나는 그렇게까지 비참하지는 않아요. 뭔가 제대로 설명할 수는 없지만, 아무튼 답장을 하지 않으면 안 된다는 생각이 들었습니다. 답장을 한다는 게 어쩐지 굉장히 중요한 일인 듯한 마음이 들어요. 이런 것에서 조그만 희망의 빛이라도 찾아내려는 것처럼.

미하라 선생님의 의도에 말려드는 건 약오르지만, 지금으로서는 나와 같은 처지로 살아왔다는 모토지로 씨와의 편지에 희미하나마 기대를 걸고 있어요. 당신이 두번째 편지에서 제안했던 규칙에도 찬성합니다.

절대 만나지 않는다는 약속! 정말 훌륭한 아이디어라고 생각해요. 당신이 편지에만 존재한다는 건 이 너저분한 세상을 벗어난 곳에서 우리의 교류가 이뤄진다는 뜻이니까요. 이 세상 어디에도 쉴 곳이 없었던 내게는 정말 마음이 편안해지는 아이디어였어요. 절대 만나지 않을 거니까 더욱 진실한 이야기를 나눌 수 있다, 그러므로 서로 진실만을 주고받자는 것도 또한 멋져요. 처음에는 너무 이상해서 혼자 웃었지만, 만약 정말 그런 관계가 가능하다면 그건 지금까지 살아온 인생에서 최고의 수확이 될 거예요. 타인을 신뢰할 수 없는 내가 누군가에게 진실을 털어놓는다는 건 서로 절대 만나지 않는다는 약속이 지켜져야만 실현될 일이에요. 거기에 한번 기대를 걸어보자는 쪽으로 생각이 기우는 참입니다.

편지에 새겨진 글씨들을 눈으로 따라가면서 나는 나가사와 모토지로라는 분의 생각을 직접 느낄 수 있었습니다. 한 글자, 한 구절 공손하게 적어내려간 문장 속에서 나는 모토지로 씨의 당당한 인격의 윤곽을 볼 수 있었지요. 그러나 이런 느낌도 실제로 우리가 만나버린다면 그 순간 자질구레하고도 무거운 현실에 꽁꽁 묶여 땅바닥에 내동댕이쳐지고 이 숭고한 관계도 무너질 것이라는 예감에 무서워져요. 그러므로 평생 만나지 않아도 된다면 나는 기꺼이 편지를 주고받고 싶습니다. 대신 이 약속은 반드시 지켜져야 돼요. 만일 둘 중의 누군가가 이 약속을 깬다면 그걸로 모든 게 끝이라는 각오로 시작해야겠죠?

그러나 진실만을 밝힌다는 거, 막상 해보려니 너무 힘드네요.

어떻게 어디서부터 해야 좋을지 모르겠어요. 진실한 얘기라는 거, 많을 것 같지만 사실은 없다고 하잖아요? 스스로는 진실이라고 생각했어도 실제로는 진실이 아니라 가짜였던 경우도 많고, 무엇이 진실인지 아직 인간적으로 미숙한 나로서는 잘 모르겠습니다. 그러나 '진실한 얘기만을 나누는 사이'라는 말은 너무도 따뜻한 울림을 줍니다. 나는 이제껏 그런 친구가 한 명도 없었어요. 굳게 믿고 내 마음을 털어놓았는데 친구들은 금세 그 얘기를 다른 곳에 퍼뜨리곤 했지요. 그런 일이 많아서 꽁꽁 감추기만 했어요. 언제부턴가 마음속에 이렇게 정리해두었어요. 진실이라는 게 있기는 있지만 그 진실이란 건 누군가에게 발설하는 순간 진실이 아니게 되고 언젠가는 사라져 없어져버리는 것이라구요. 그래서 나는 진실을 지키기 위해 말을 아꼈죠. 진실을 아무에게도 말하지 않으면 사라지는 것을 막을 수 있을 테니까요. 모두들 너무나 쉽사리 타인에게 진실을 말해버리니까 나라는 게 없어져버리는 거구나, 라구요.

그런데 어느 순간 나는 깜짝 놀라고 말았습니다. 별 의미도 없는 말을 중얼중얼 떠들고 있는 친구들을 바라보고 있을 때였어요. 그애들의 말에는 진심이 담겨 있지 않다는 것, 그러니까 진실한 얘기는 한마디도 입에 담지 않는다는 것을 깨달은 거예요. 진심으로 하는 말이 아니니까 그건 당연히 진실한 얘기가 아니었어요. 서로 거짓말만 주고받으니까 그들은 상처 입을 일도 없었어요. 말하자면 서로 속고 속이는 사이이기 때문에 그 관계가 유지되고 있었던 거예요. 해도 그만, 안 해도 그만일 거짓말들을 진실 속에 듬뿍 섞어서 모두들 그렇게 매일매일을 살고 있었습니다. 내게는 그런 능수능란한 재주는 없다는 생각에 나는 점점 더 바보처럼 입을 꾹 다물게 돼요. 그러면 친구들은 무시당했다고 생각하거나 내가 마음을 닫고 있다고 착각하고 얼마 못 가 모두 멀어져갔습니다. 그중에는 나를 공격하는 아이들도 있어서 한때는 정말 괴로운 나날 속에서 허우적거렸습니다. 처음에는 남들은 다 하는 거짓말을 나만 못하는 게 잘못이라는 생각에 다른 아이들처럼 말도 안 되는 이야기를 지껄여보려고 애쓰기도 했지만, 결국 잘 되지 않아 나는 자꾸 외톨이가 되어갔습니다.

그때 나를 구원해준 건 책이었어요. 도서관에 쌓인 수많은 책들. 그 책들은 내가 내 의지로 손에 들지 않으면 결코 문을 열어주지 않는 참된 친구였어요. 그들은 거짓말을 하는 법이 없거든요. 아니, 그 반대지요. 좋은 소설이란 완벽한 거짓말로 꾸며진 또 하나의 진실이니까요. 나는 책과의 만남을 통해 인생이 얼마나 멋진 것인지 알 수 있었습니다. 외로움과 친해질 수 있었던 건 그 무렵이었죠.

나는 책을 통해 혼자 노는 법을 익혀나갔습니다. 그러자 점점 외로움이 즐거워졌어요. 도서관의 책들이 모두 완벽하지는 않다는 것도 알았지요. 도서관의 책을 거의 다 읽었을 즈음에 깨달은 거예요. 그러나 그런 완벽하지 않은 소설들도 나름대로 재미있었습니다. 건방진 말인지 모르지만, 부족한 부분을 비평해가며 읽으면 게임을 하는 것처럼 즐겁거든요.

책을 읽은 덕분에 공부를 싫어하던 내가 몇 개 과목에서는 학년에서 상위의 성적을 유지했어요. 일부러 공부를 하지 않아도 저절로 지식이 쌓이는 게 재미있어서 나는 점차 공부에도 힘을 기울이게 되었습니다.

하지만 고등학교를 졸업해도 대학에는 가지 않을 거예요. 추천을 받아 갈 수 있는 대학이 몇 군데 있지만, 사립은 우선 돈이 들어서 관뒀어요. 국립도 마찬가지구요. 다들 돈이 안 든다고 하는데 그건 일반 가정에서 자란 아이들이나 할 수 있는 얘기지요. 야학이나 아르바이트를 해서라도 마음만 먹으면 얼마든지 갈 수 있다고 선생님은 말씀하시지만, 나는 대학에 가지 않으면 살 수 없는 것처럼 호들갑을 떠는 이 사회가 싫어요. 모두들 한결같이 이렇다고 세상을 규정해버리는 것, 여자는 몇 살쯤에 결혼해서 아이를 몇 명 낳아야 한다는 식의 사회적 통념이 너무너무 싫어요. 내게는 그런 것이 가장 추악하게 보여요. 인간의 자유를 빼앗는 수갑처럼요.

그래서 진학보다 취업의 길을 갈 거예요. 공부하는 건 좋지만, 꼭 대학만이 학문의 장은 아니라고 생각해요. 일을 하면서도 나름대로 인생을 배우고 싶어요. 나는 큰 야심도 없고 대졸 학력을 따겠다는 마음도 없습니다. 그저 행복한 인간이 되고 싶을 뿐이에요. 행복해질 수 있다면 무엇이든 할 거예요. 내 현재의 목표는 행복해지는 것입니다. 행복해질 수 없다고 절망했기 때문에 자살을 결심했었지만, 결국은 어떻게 하면 행복한 인생을 보낼 수 있을지 몰라 안이하게 죽음의 길을 선택하려고 했던 것뿐이지요. 그것은 마치 발작과도 같은 것이었어요.

나는 보육교사가 될 거예요. 자격증은 아무도 몰래 통신 교육으로 취득해뒀습니다. 고등학교에 다니면서 보육교사 자격을 취득하는 건 정말 장난이 아니었어요. 아마 대학시험보다 경쟁률이 더 높았을걸요? 엄청나게 공부를 한 끝에 간신히 손에 넣었죠.

부모에게 버림받았던 내가 왜 하필 보육교사의 길을 선택했는지에 대해서는 아직 생각이 확실하게 정리되지 않아서 뭐라고 설명할 수가 없네요. 그러나 그곳에는 행복이 듬뿍 있을 것 같아요. 사실 고아였으니까 그런 행복은 오히려 외면하고 싶어할 거라고 생각하기 쉽지만, 나는 아녜요. 부모님의 사랑을 충분히 받은 아이들에게서 행복을 조금씩 나눠받고 싶거든요. 막 결혼한 행복한 부부 사이에서 태어난 천사 같은 아기들. 그런 아기들을 날마다 접하면서 거기에서 내가 경험한 적이 없는 사랑의 본질을 느끼고 싶어요.

행복한 아이들과 어린이집에서 함께 지내는 것만으로도 그들의 행복을 조금쯤 얻을 수 있을 것 같기도 하고, 어린아이들과 함께 살면서 뭔가 내게 빠져 있던 것을 되돌릴 수 있을 거라 생각했습니다. 아이들이란 정말 천진무구하잖아요. 그런 아이들에게라면 참된 나 자신을 보여줄 수도 있을 것 같아요. 평생 직업이니까 참된 나 자신을 보여줄 수 있는 대상과 함께 지내는 직장이 필요하겠지요?

이 얘기는 아직 아무에게도 하지 않았어요. 학교 선생님들은 무조건 대학에 진학하라고만 해요. 장학금을 주는 대학도 얼마든지 있다면서요. 우리 학교는 공립학교이기는 하지만 진학률이 높은 학교니까 그런 평판을 무너뜨리지 않으려고 온갖 방법을 동원해서 어떻게든 나를 대학에 진학시키려는 거예요. 학교에서 상위의 성적을 달리는 애가 보육교사가 될 꿈을 꾼다는 걸 알면 그들은 분명 놀라겠지요. 그러나 그건 잘못된 사고방식이에요. 좀 과장된 표현이지만, 보육교사 일은 국가를 움직일 만큼 중요한 일이라구요. 학교의 평판을 높이자고 내 인생을 망치고 싶지는 않아요. 세상에 앙갚음을 하기 위해서라면 월급도 많고 모두

부러워할 일자리를 목표로 삼는 것도 좋겠지만, 그런 쓸모없고 천박한 야심으로 내 인생을 더이상 쓸쓸하게 만들고 싶지는 않습니다.

실력이 있는데도 대학에 가지 않는 건 인생을 포기하는 짓이라고 어느 선생님이 그러시더군요. 그럴까요? 대학이란 게 그렇게 꼭 필요한 것일까요? 좋은 대학을 졸업하면 우수한 인재라고 우러러봐줄지도 모르지만, 그것이 인생에서 과연 무엇인가요? 나는 그저 보통 사람다운 행복이 그리울 뿐이에요. 높은 학력을 취득해서 인생에 훈장을 단다, 인생의 높은 수준을 손에 넣는다, 나는 그런 사고방식을 경멸해요.

아이들과 함께 어울리면서 내 인생의 의미를 찾아볼래요. 모토지로 씨는 이 일에 대해 어떻게 생각하세요? 당신의 의견을 꼭 들려주세요. 나를 실망시키는 의견이라도 괜찮아요. 거짓 없는 모토지로 씨의 목소리를 기다리겠습니다.

그럼 이만.

11월 15일
도오노 리리카 드림

도오노 리리카 님께

곧바로 답장을 하지 못해서 미안해요.

하코다테에 첫눈이 왔는데 처음부터 엄청나게 와서 며칠 동안 예정 밖의 일거리에 쫓겼습니다. 눈에 휩싸인 하코다테 시가지는 여름 기운으로 반짝반짝 빛나던 하코다테와는 너무나 다릅니다. 뭔지 모를 슬픔 속에 한없는 아름다움을 감추고 있죠. 정말 말로 표현할 수 없을 만큼 애수에 가득 차 있습니다.

케이블카 운전 기사인 내가 이런 얘기를 하는 건 좀 이상하지만, 관광화가 활발히 추진되는 바람에 하코다테는 내가 어렸을 때와는 사뭇 달라졌습니다. 물론 역 주변이나 구 시가지가 크게 발달해서 침체되었던 도시가 활기를 되찾은 건 좋은 일이지요. 그리고 그런 발달과 함께 깨끗하게 새로 칠한 교회나 새로 쌓은 돌담, 시대의 유행에 걸맞은 장식을 넣어 복원시킨 벽돌 창고 거리는 관광산업을 위해 어쩔 수 없는 일이기도 해요. 그러나 옛 모습을 아는 나로서는 지금의 하코다테가 어딘지 박람회의 주문에 맞추어 급조해놓은 전시관 같다는 생각에 쓸쓸함을 느끼지 않을 수가 없군요.

나는 하코다테가 재정난과 인구 유출에 대한 염려에서 지나치게 극단적인 관광화로 기우는 건 바람직하지 않다고 생각해요. 관광 개발을 추진하는 가운데서도 좀더 역사적인 정서를 중시하는 개발을 해주기 바라는 것입니다. 그것은 내가 이 거리를 진심으로 사랑하기 때문이겠죠. 그리고 이 거리를 세계에 자랑할 수 있는 것은 관광지로서의 모습이 아니라 소박한 모습 때문입니다. 그래서 관광 개발을 위해 지나치게 꾸며졌던 부분을 모조리 흰 눈으로 덮어버린 겨울의 하코다테야말로 가장 아름다운 하코다테랍니다.

산정역에서 눈 아래 펼쳐진 조그만 모형과도 같은 도시를 내려다보고 있으면 문득 가슴이 뭉클해져요. 이 도시에서 태어나 이 도시에서 죽는구나 하고 생각하면 좌우가 바다로 둘러싸인 이 북국의 항구 도시에 마치 나 자신의 일생이 투영된 듯한 서글픔이 겹겹이 밀려와서일까요?

고아였던 나는 중학교 때 육아원에서 나와 양부모 밑에서 자랐습니다. 친부모에 대해서는 잘 알지 못하지만, 양아버지와 양어머니가 착한 분이셨기 때문에 그런 점에서는 리리카 씨보다 약간은 혜택받은 환경이었죠. 고등학교 1학년 봄에 양아버지가 병으로 세상을 뜨시고 지금은 양어머니와 둘이서 삽니다.

나를 낳아주신 친부모는 아니지만 지금은 양어머니를 친어머니 이상으로 내 어머니라고 느낍니다. 이렇게 되기까지 나름대로 험난한 역사가 있었지만, 그 얘기는 다음 기회에 할게요. 내가 케이블카 회사에서 일하게 된 것은 돌아가신 양아버지가 케이블카 운전 기사로 일하셨다는 것과 관계가 있습니다. 하코다테는 도쿄에 비하면 아주 좁은 도시라서 인생의 선택 범위도 그다지 넓지 않아요. 도쿄로 나갈 것이냐, 여기에 남을 것이냐 하는 커다란 선택의 기로에 선 적이 있었는데, 나를 길러주신 어머니를 이곳에 혼자 남겨두고 떠나서는 안 된다는 생각이 들었어요. 그래서 나는 망설임 없이 아버지가 근무했던 회사 동료분의 권유를 받아들였습니다. 그분이 아버지의 절친한 동료였고 지금은 케이블카 주식회사의 인사 담당자로 근무하시거든요. 양어머니의 고등학교 동창생이기도 하지요. 그런 인연으로 관광산업의 한 자리를 맡게 된 거죠.

대학 진학을 단념했던 배경에는 양부모님께 쓸데없는 부담을 주고 싶지 않았던 것말고 또 한 가지, 아버지의 친구이기도 했던 그분의 권유를 거절할 수 없었던 점도 있습니다. 지금 필사적으로 자신의 인생을 개척하려는 리리카 씨에게는 나처럼 주위의 사정에 얽매이는 이런 선택이 한심하게 느껴질지도 모르겠네요.

그러나 사람들과의 따뜻한 유대 덕분에 내가 이만큼이나마 성장할 수 있었다는 점을 깨달았습니다. 이 도시에서 태어나 이 도시에서 죽는 이상 그런 관계를 소중히 해야 한다는 것도 분명한 사실이니까요. 그래서 대학 진학은 처음부터 고려하지 않고 곧바로 하코다테 산의 케이블카 주식회사에 취직했어요.

소도시에서 태어났다는 것과 대도시에서 산다는 차이도 있을 거예요. 지방 도시는 마음 편한 분위기가 있는 반면 거꾸로 주위와의 밀접한 관계, 인습 등이 미래를 크게 좌우하기도 해요. 외로움이라는 것도 도시와 시골은 완전히 다를 거고요. 그러나 시골에서 살면 외롭지 않을 거라는 짐작은 하지 말아주세요. 왜냐하면 외롭지 않은 만큼 이웃과 인연을 밀접하게 유지하지 않으면 도저히 살아갈 수 없는 세계이기도 하거든요. 항상 똑같은 얼굴들을 접해야 하는 건 어쩌면 일종의 불운일 수도 있고요. 대도시에서라면 바로 옆 동네로 이사하는 것만으로도 기분을 바꿀 수 있겠죠. 그러나 이곳에서는 술 한잔하러, 밥 한 끼 먹으러 나가도 반드시 낯익은 얼굴과 부딪치게 됩니다. 어떤 의미에서 이곳은 소문 따위가 존재하지 않아요. 무시무시할 만큼 모든 것이 적나라하게 드러나버리는 동네거든요.

어느 쪽이 더 좋은지는 모르겠어요. 나는 그저 내게 주어진 것을 더 좋게 여기자고 일찌감치 어릴 때부터 마음먹었습니다. 그래서 리리카 씨가 보육교사의 꿈을 선택했다는 게 정말 너무나 부럽습니다. 학교 성적도 우수하고 장학금을 주면서 오라는 대학이 있는데도 그런 걸 뿌리치고 스스로 나아가고 싶은 길을 과감하게 선택하다니! 그런 행복은 내게는 없었습니다. 하코다테 시가 속한 홋카이도 지역은 요즘 대도시 사람들은 상상도 하지 못할 만큼 불경기예요. 그속에서 취직 자리를 얻는 것만도 그저 감지덕지죠.

내 인생을 스스로 결정한다는 건 정말 당당하고 옳은 말이지만, 요즘 사회는 그렇게 쉽게 허락해주지 않습니다. 그러니까 지금 리리카 씨는 대단히 행복한 편이라고 할 수 있지 않을까요? 무엇보다 그토록 자신의 인생에 대해 뚜렷한 주장을 가지고 있다는 것 자체가 벌써 굉장한 일이니까요. 나도 지금의 부모님을 만나지 않고 그대로 육아원에서 자랐더라면 졸업 후에 도쿄로 나갔거나 뭔가 여러 가지 다른 길이 있었을 거예요. 갑자기 부모님을 얻는 한 가지 행복을 얻으면서 그 부모님을 모셔야 한다는 의무감이 더해져 다양한 모험은 내 손에서 멀어졌습니다. 나는 초등학생 무렵에 한 번, 중학교에 올라가 두 번, 자살을 시도했었습니다. 세번째 자살 시도 직후에 부모님이 나를 구해주셨어요. 내가 상습적으로 자살하려는 아이라는 것을 알면서도 내 부모가 되어주었습니다. 이유는 모르겠어요. 불쌍하게 생각했는지, 뭔가 부모님 나름대로 동정할 만한 이유가 있었는지 그건 모릅니다(그 동기를 아직 어머니께 물어본 적이 없어요. 그런 얘기를 묻는 게 좀 두려워서요. 조금 더 시간이 지나면 꼭 물어볼 겁니다만).

자꾸만 죽으려고 했던 나를 그 엄청난 고독에서 건져 올려준 부모님…… 그 은혜를 꼭 갚고 싶어요. 그래서 그다지 원대한 일은 아니어도 무던한 쪽으로 케이블카 운전 기사 일을 선택했어요. 그 선택이 옳았는지 어땠는지는 아직 알 수 없지만, 나는 올바르다든가 올바르지 않다든가 하는 것을 따지기 이전에 살아야 했고, 또 그렇게 살도록 저절로 정해져버린 것 같아요. 그래서 내 길은 이것이라고 강한 신념을 가지고 선택할 수 있는 리리카 씨가 너무나 부러워요. 물론 그 길이 올바른 길이라는 건 의심할 여지도 없습니다.

보육교사는 정말 훌륭한 직업이라고 생각합니다. 천진무구한 아이들 속에서 활짝 웃는 리리카 씨를 상상해봅니다. 리리카 씨가 어떤 얼굴이고 어떤 모습인지는 잘 모르니까 어디까지나 상상일 뿐이지만, 아이들과 함께 뛰고 달리며 한껏 행복한 당신이 희미하게 머릿속에 떠오릅니다. 아직 얼굴 윤곽이 흐릿해서 확실하지는 않지만, 머지않아 내 상상 속에서 리리카 씨의 인물상이 뚜렷하게 그려지겠지요.

미하라 선생님이 보낸 편지 속에 리리카 씨의 사진은 들어 있지 않았습니다. 그래서 당신이 어떤 모습인지는 모릅니다. 그러나 그걸로 좋겠지요. 마음속으로 리리카 씨는 이런 사람일 거라고 얼마든지 상상할 수 있으니까요. 보내준 편지의 글씨체나 사고방식을 통해 그 사람을 머릿속에 그려보는 것도 편지의 즐거움입니다. 리리카 씨도 산정역에서 손님을 안내하는 내 모습을 상상해보시기를…… 그러나 너무 잘생긴 청년으로 그리지는 마세요. 나는 평범하게, 극히 평범하게 지방에서 자란 투박한 사람일 뿐입니다.

 이제 곧 크리스마스네요. 도쿄에서는 이런 때 어떻게들 지내나요? 이곳은 한창 축제 분위기입니다. 캐나다에서 보내온 거대한 크리스마스 트리(높이가 30미터나 됩니다)를 하코다테 항구에 장식하고 그 트리에 전등을 밝히는 축제로, 최근 몇 년 동안 이 작은 항구 도시의 가장 큰 겨울 이벤트가 되었습니다. 작년에는 비가 내리는 가운데 점등식을 치렀는데도 천 명이 넘는 사람들이 모여들어 그야말로 성대하게 개최되었습니다. 하코다테 항의 제일 번화한 부두 한 귀퉁이에 트리가 세워지고 축포가 터지고 밴드가 음악을 연주합니다. 뉴욕에서 거행되는 저 유명한 크리스마스 트리 점등식을 그대로 흉내낸 듯 왁자지껄 요란하지요.

올해는 어머니를 모시고 트리 점등식을 보려고 합니다. 어머니는 지병으로 인해 입원과 퇴원을 반복하여 내가 함께 가주지 않으면 외출도 마음대로 하시지 못합니다. 어머니 손을 꼭 잡고 트리의 장엄하게 반짝이는 빛을 올려다볼 생각입니다. 관광화에는 그다지 찬성하지 않지만 이런 이벤트는 사람들의 마음에 따뜻한 감동을 주기 때문에 별 이의 없이 적극 참가하곤 합니다.

분명 그때쯤에는 텔레비전 뉴스를 통해 전국으로 그 반짝임이 전해질 거예요. 만약 텔레비전에서 볼 기회가 있다면 그속 어딘가에 나와 제 어머니가 끼어 있다고 상상해주세요. 나는 기독교인은 아니지만 그 순간에만은 독실한 신도라도 된 듯이 예수님께 리리카 씨의 행복을 빌고 싶군요.

리리카 씨가 망설임 없이 자신의 신념을 관철하고 꼭 어울리는 행복을 손에 넣을 수 있기를! 주위의 간섭에 전혀 신경 쓰지 말고 후회 없는 길을 선택하기를! 인생은 단 한 번뿐이니까요. 멀리서 나마 응원하겠습니다. 북녘의 돌담이 많은 도시에서.

12월 1일
나가사와 모토지로 드림

추신 미하라 선생님 얘기는 잘 알았습니다. 나는 그분과 만나본 적이 없기 때문에 선량해 보이는 문장을 통해 인물상을 멋대로 짐작만 하고 있었습니다. 그러나 더이상 상상해볼 필요도 없을 것 같군요. 하긴 그 이후로는 별다른 연락도 없었습니다. 내 쪽에서도 연락 같은 건 하지 않을 거고요.

백조가 되고 싶은 펭귄

너무 바빠서 답장 쓸 시간도 없는 주제에 모토지로에게서 오는 편지만은 항상 목을 빼고 기다린다니까. 우편함에서 편지를 발견하는 순간이 너무너무 좋아. 연인에게서 온 편지처럼 가슴에 꼭 끌어안기도 하고, 만난 적도 없는 모토지로에 대해 얼굴을 붉혀가며 생각하곤 해. 서둘러 내 방으로 뛰어들어가 조심조심 봉투 끝을 잘라내고 때로는 편지지의 향기를 맡아가며 한 줄 한 줄 귀중한 보물처럼 읽어내려가. 모토지로는 내 마음의 버팀목이야.

나가사와 모토지로에게

 솔직히 말하면 우리의 편지가 이렇게 길게 이어지리라고는 꿈에도 생각하지 못했어. 그런데 모토지로에게서 받은 편지가 벌써 수십 통이 넘었네. 나는 모토지로의 듬직한 충고 덕분에 무사히 고등학교를 졸업하고 보육교사로서 당당히 이곳 도쿄의 기타자와 어린이집에서 일하고 있어. 정말 고마워.

 자살 미수 사건이 일어난 지 그새 7개월이 지났어. 손목의 상처는 아직 남아 있지만, 별로 깊지 않아서 점점 희미해지고 곧 없어질 거야. 이 상처가 말끔하게 아물 때쯤 내 마음의 상처도 말끔히 가시면 좋으련만.

 보육교사 업무는 꼭두새벽에 시작돼. 항상 6시에는 일어난다구. 7시까지 어린이집에 출근해서 먼저 청소를 해. 요즘 내가 맡은 건 정원 청소. 청소가 끝나갈 즈음 아이들이 하나둘 부모의 손을 잡고 나오지. 어머니 손에 이끌려오는 아이들만 있는 건 아니야. 아버지가 회사에 출근하는 길에 데려다주는 경우도 많고,

개중에는 할머니나 일하는 아줌마가 데려오는 경우도 있어. 집안마다 정말 사정도 여러 가지인 것 같아.

내가 담임을 맡은 팬더반의 아이들은 네 살이야. 이제 겨우 자기 의사를 말로 표현할 줄 아는 나이지. 너무 사랑스럽게 토실토실 살이 오른 아이들, 너무나 순수해. 그래서 아이들에게만은 항상 참된 마음으로 대할 수 있지. 요즘 아이들의 순수하고도 천진난만한 사랑의 표현에 푹 빠져서 날마다 신나게 일하고 내가 생생하게 살아 있다는 실감 속에서 살아.

한 반을 두 명의 선생님이 돌봐주게 되어 있는데 나와 함께 팬더반을 돌봐주시는 선생님은 두 살 많은 신도 스에아키 선생님. 미인이긴 한데 어딘지 그늘이 있는 신비한 인물이야. 그늘이라고는 해도 그리 음울한 건 아니고, 좋은 집안에서 잘 자란 듯한 성품이 엿보이는 선생님이야. 아버님이 제약회사에서 꽤 높은 분이시래. 언젠가 역 앞에서 가족끼리 산책 나왔을 때 만났었는데, 아버지와 어머니 사이가 무척 다정한 느낌이었어. 그 가운데서 스에아키 선생님만 왠지 뿌루퉁한 표정을 짓고 있더라구. 내가 인사를 했더니 부모님은 얼굴 가득 웃음을 띄우고 반갑게 대해주시는데 스에아키 선생님은 어린이집에서 보여주던 표정과는 사뭇 달랐어. 부모님을 들킨 게 부끄러웠나? 나로서는 이해할 수 없었지만, 아무튼 얼른 그 자리를 모면하고 싶은 표정이었어.

그 다음날, 스에아키 선생님에게 들은 얘기인데, 아버지가 항상 회사 일에만 매달려 집에 있는 시간이 별로 없는데 그날 오랜만에 온 가족이 외식을 하러 나온 길이었대. 그런데 거기서도 아버지가 계속 일 얘기만 하는 바람에 스에아키 선생님이 조금 삐쳤었다나 봐. 가족이라는 게 어떤 건지 나는 잘 모르니까 그렇구나, 그런 거구나 하고 생각할 수밖에 없었지…….

아무튼 스에아키 선생님께 두루두루 배우는 게 많아서 정말 도움이 많이 돼. 물론 어린이집에서는 부모님께 보였던 그런 표정은 짓지 않고 아이들을 나만큼이나 좋아해서 내게는 그야말로 좋은 선배이니까.

어린이집에서의 인간관계는 아직까지는 양호한 편인데 약간 거슬리는 선생님도 있어. 그러나 그런 사람은 어디에나 있게 마련인지라 별로 신경은 안 써. 제일 마음에 안 드는 사람은 원장 바로 밑에서 아첨이나 떠는, 이노하라 노리코 선생님. 사십이 다 된 노처녀야. 이 어린이집에서 일한 지 얼마 되지 않았을 때 내게 이런 충고를 하더라구.

"리리카 선생은 고아라서 부모에게 사랑을 받은 적이 없겠죠? 그래서 아이들을 어떻게 대해야 할지 이해하기 힘든 부분이 많을 거예요. 우선 아이들 앞에서는 항상 웃도록 노력해보세요."

다른 선생님들 앞에서 그렇게 노골적으로 고아 운운하리라고는 상상도 못했어. 이곳도 결코 낙원이 될 수는 없겠다는 생각에 적잖이 낙담했지.

결국은 아이들의 어린이집도 운영자는 어른들이잖아. 이곳에도 일반적인 어른들의 사회가 형성되어 있고, 아니 오히려 여자들만 있는 직장이라서 그 중압감이 예상했던 것 이상으로 커. 그래서 더욱더 어른들과 부대끼며 일해야 할 모양이야. 아이들을 만나는 것만 기대했던 것은 큰 오산이었어. 되도록 어른들과는 얼굴을 마주치지 않으려고 애는 쓰지만, 그건 안 될 얘기지. 어쩌면 여자들만 있는 이 직장이 일반 회사보다 내가 싫어하는 부분을 더 많이 갖고 있는지도 모르겠어.

이곳에 제일 어린 나이로 들어왔으니까 앞으로 나는 이노하라 선생님을 비롯해 원장님(이 사람도 약간 종잡기 힘들어)께 육아나 학부모 문제 등에 대해 상의해야 될 게 하나둘이 아닐 거야. 내가 예상했던 것과는 달라 조금 당황스러워. 사회생활이란 참으로 엄격한 것이구나, 산다는 건 정말 어려운 것이구나, 날마다 뼈저리게 느끼며 지내. 그러나 아직은 숨이 막힐 지경은 아니니까 걱정하지 말고.

급식 담당 아줌마들은 어찌나 친절한지 나를 친딸처럼 귀여워해준다니까. 그래서 즐거운 때도 많아. 괴로운 일에 너무 집착하지 말고 즐거운 쪽만 쳐다보며 열심히 해볼래. 아무튼 요즘은 아이들을 대하는 것만으로도 정신없이 바빠.

그러면 처음에 하던 얘기로 다시 돌아가서 '어린이집에서의 하루' 후편을 계속할게. 아이들은 오전 9시경이면 모두 다 모여. 그때까지 먼저 온 아이들은 장난감을 가지고 자유롭게 놀지. 그 다음에는 대개 산책을 하러 나가. 가까운 공원으로 손에 손을 잡고. 아이들이 말을 잘 듣지 않아서 이만저만 신경이 쓰이는 게 아니야. 특히 자동차가 많은 큰길에서는 느닷없이 뛰어나가지는 않는지 잠시도 한눈을 팔 수 없는 긴장의 연속. 그래도 아이들의 웃는 얼굴에 나는 다시 천사의 마음이 돼. 근처에 절이 있고 그 옆에 제법 널찍한 공원이 있어서 대개는 그 주변에서 놀아.

나는 뭐니뭐니 해도 모래밭에서 자기들만의 세계에 푹 빠져 노는 아이들의 모습이 제일 좋더라. 나뭇가지 사이로 비쳐드는 햇빛 속에 아이들의 웃음소리가 톡톡 튀어오르는 것을 듣고 있노라면 마음이 하염없이 느긋해지니까. 그들에게는 아직 어른이 가진 추한 감정 같은 건 없기 때문에(그러나 전혀 없는 건 아니야) 모두 정말 순수하고 천사 같아. 악의라는 게 하나도 없어. 친구의 장난감을 뺏거나 서로 갖겠다고 곧잘 옥신각신하기도 하지만 어른들처럼 음습한 구석이라고는 전혀 없는 행위일 뿐이야. 그래서 금세 다시 사이가 좋아지지. 삶을 재생하는 능력이 뛰어나다고 할까, 아니면 마음의 신진대사가 빠르다고 할까. 아름다운 어린 시절을 마음껏 지켜볼 수 있는 직업을 가지기를 정말 잘했다고 날마다 모래밭에서 노는 아이들의 모습을 바라보며 생각하지.

인간은 언제쯤부터 어른이 되는 걸까? 그리고 사람들은 어째서 나쁜 마음을 먹게 되는 걸까? 정말 모르겠어.

마음껏 뛰어 노는 아이들의 천진난만한 모습이 나를 구원해주는 건 사실이지만, 언제까지 이렇게 지낼 수 있을까 하는 생각을 하면 장래가 좀 불안해지기도 해.

모래밭에서 실컷 논 다음에는 다시 손을 잡고 어린이집으로! 노래도 하고 끝말 잇기도 하면서 돌아와. 이따금 근처 아줌마가 정원에서 기르는 닭을 보여주는 해프닝도 있어. 재밌겠지? 정말 신기하게도 도쿄 도심 주택가 한복판에 아직도 조그만 밭이 남아 있어서 때로는 그곳에서 재배하는 야채를 관찰하게 해주기도 해.

돌아오면 점심식사. 식사 뒤에는 다시 노래도 하고 놀기도 하고. 그 다음에는 낮잠 시간. 낮잠에서 깨어나면 간식이 나오고 다 먹을 즈음이면 부모님들이 하나둘 마중을 오기 시작해. 그게 대개 밤 7시까지 띄엄띄엄 이어지지.

얼마 전에 한 아이의 아버지에게 정성껏 돌봐줘서 고맙다는 인사를 받았어. 양복 차림이 잘 어울리는 멋진 분인데, 뭐랄까, 그 웃는 얼굴만 봐도 아이를 무척이나 사랑하는 다정한 아버지라는 느낌이 들었어. 나, 혼자 은근히 좋아하게 됐어, 그 아버지. 아이(이름이 '가즈'야)를 어깨에 태우고 돌아가는 모습이라니! 내가 오래도록 그려왔던 아버지, 그 자체로 여겨지는 분이라니까. 그럴 때는 문득 내게도 분명히 있었을 아버지가 어떤 사람인지 상상해보곤 해. 아이를 데려가는 아버지들을 보면서 빈약한 상상력을 펼치지.

대부분의 아이들이 4시쯤이면 돌아가지만, 마지막까지 남아 있게 되는 아이의 마음을 다독거려주는 게 또 대단히 중요한 업무라서 하루가 그렇게 바쁘게 막 흘러가.

아이를 돌본다는 게 상상했던 것보다 훨씬 신경이 많이 쓰이는 일이라서 처음 사흘 동안은 말 그대로 녹초가 되었지만, 이제 가까스로 조금씩 익숙해지는 참이야. 이렇게 다시 편지지를 마주할 여유도 생겼고. 미안해, 요즘 계속 답장 없는 편지를 쓰게 했지? 앞으로는 나도 열심히 편지할 테니까 기다려줘.

겨우 네 살배기 아이들이지만 한 명씩 돌아가며 다 안아주려면 엄청 힘이 세야 해. 그래서 저녁마다 심한 근육통에 시달리지. 이대로 가다가는 팔뚝이 굵어질 것 같아 걱정이야. 그 대신 건강미가 넘쳐서 좋겠지? 요즘 리리카는 튼튼해졌어.

　나도 드디어 새로운 인생의 첫발을 내딛으면서 매일 바쁜 시간을 보내게 되었네. 정신적으로는 무척 안정되어 있지만, 앞으로 어떤 인생이 나를 기다릴지 전혀 예상을 못하겠어. 모토지로의 편지를 받는 게 너무 반가운데 예전처럼 정기적으로 답장을 쓸 수 없을 것 같아 약간 불안해. 조금 더 일에 익숙해지면 다시 내 페이스를 되돌릴 수 있겠지? 기나긴 인생이니까 느긋하게 나 자신과 마주할 생각이야.

　너무 바빠서 답장 쓸 시간도 없는 주제에 모토지로에게서 오는 편지만은 항상 목을 빼고 기다린다니까. 우편함에서 편지를 발견하는 순간이 너무너무 좋아. 연인에게서 온 편지처럼 가슴에 꼭 끌어안기도 하고, 만난 적도 없는 모토지로에 대해 얼굴을 붉혀가며 생각하곤 해. 서둘러 내 방으로 뛰어들어가 조심조심 봉투 끝을 잘라내고 때로는 편지지의 향기를 맡아가며 한 줄 한 줄 귀중한 보물처럼 읽어내려가. 모토지로는 내 마음의 버팀목이야. 어딘지 아버지나 오빠 같기도 하고 연인 같기도 한 모토지로. 연인? 아참, 약속을 잊었네. 연인 사이만은 되지 않기로 했지? 맞아. 근데 진짜 연인이라는 뜻은 아니고, 마음의 연인이라고나 할까? 마음속에 항상 모토지로가 자리잡고 있는 듯한 건

왜인지…….

 이번 편지는 짧아지고 말았네. 아무튼 리리카는 건강하게 잘 지내. 다시 다음 편지에 어린이집 생활에 대한 얘기를 가득 담아 보내줄게. 모토지로도 회사 일 열심히 하고. 봄이라 관광객이 많아져서 그쪽도 꽤 바쁘겠지? 부디 건강에 주의하고 항상 자신을 소중히 해.

4월 15일
리리카

추신 별빛 육아원에서 나와서 나 혼자 사는 방을 얻었어. 오래도록 간절히 바라던 일이었는데 막상 실제로 혼자 살아보니까 굉장히 어렵네. 아침과 점심은 어린이집에서 다른 선생님들과 함께 그럭저럭 먹을 수 있지만, 저녁에는 항상 나 혼자 내 방에서 편의점 도시락으로 때우게 돼. 여태 친구 하나 제대로 못 사귄 내 성격 탓이지 뭐. 직접 요리까지 하는 건 체력적으로 도저히 안 되고, 가끔씩 밖에서 맛있는 것도 사먹고 싶어!

 더구나 요즘 세상에 목욕탕도 딸리지 않은 아파트라니! 그래서 어쩔 수 없이 대중 목욕탕에 다녀. 외로움에는 웬만큼 익숙해졌다고 생각했는데 의외로 여전히 낯설어.

아침에 눈을 뜨면 왠지 너무 쓸쓸하고, 얼굴이 항상 눈물에 젖어 있어. 분명 꿈속에서 울고 있었던 거겠지. 꿈의 내용은 다 잊어버리지만 아침이면 마음에 구멍이 뻥 뚫린 것만 같아.

도오노 리리카에게

초봄의 하코다테는 길가에 높다랗게 쌓인 눈더미가 녹아내려 거리가 온통 회색빛으로 지저분하다. 개인적으로는 별로 좋아하는 계절이 아니야. 이 무렵의 북녘 땅은 여행지로서는 별로 추천할 수 없는 곳이야. 그러나 4월 중순을 지나면서부터 지저분하던 눈도 모두 녹아버리고 바다에서 불어오는 짭조름한 미풍이 뺨을 간질이게 돼. 여름을 향하는 지금은 하코다테가 다시 태어나는 시기야.

이 시기에 산정역에서 내려다보는 하코다테 거리는 너무 아름다워. 온통 빛이 넘쳐서 세상이 반짝거리거든. 재미있는 건 길거리에 정차한 자동차의 거울인지 프론트 유리인지에 반사된 빛이, 마치 길에 촘촘히 박힌 유리 조각들이 빛을 방사하는 것처럼 보인다는 거야. 그야말로 온통 빛의 세상! 하코다테가 하나의 생물처럼 스스로 휘황찬란하게 빛을 발하는 것만 같아.

차디찬 바다에서 불어오는 바람, 푸른 하늘에 뜬 구름, 아득한

저 너머의 산봉우리, 츠가루 해협에서 일렁이는 하얀 파도. 어디를 잘라봐도 너무나 아름다운 하코다테가 펼쳐져 있구나. 아름다운 것이 지천으로 널려 있으면 도리어 아름다움에 무뎌진다고 사람들은 얘기하는데, 이 도시에서는 그런 게 없어. 사계절 모두 다양한 표정을 보여주기 때문일 거야. 겨울이 끝난 뒤에 다가오는 이 계절은 미래를 향해 빛을 가득 잉태하는 것만 같아서 나는 정말 좋다.

어린이집 일, 무척 힘든 모양이구나. 어린이집이라…… 나는 물론 아직 아이가 없으니까 어린이집이 어떤 덴지 전혀 몰랐어. 우리 집 근처에도 조그만 어린이집이 있는데 요즘에는 그 앞을 지나갈 때마다 유심히 쳐다보게 된다. 조그만 뜰에서 선생님이 아이들과 노느라고 까르르 웃음소리가 터지곤 하는데 그 훈훈한 분위기에 어느새 나까지 마음이 온순해지곤 하더라. 어린이집에 대해 아는 것이라고는 그런 정도밖에 없었기 때문에 리리카가 보내준 '어린이집에서의 하루' 얘기는 정말 재미있게 읽었어.

한편으로 리리카가 조금 걱정도 되더라. 분명 여자들만의 사회는 나름대로 힘든 일도 많을 테지만, 어디나 힘들기는 마찬가지라고나 할까, 원래 우리 생각대로 쉽사리 흘러가주지 않는 게 세상이란 녀석이야. 그러니까(벌써 결론이다, 하하) 성실하게 일하고 노력하는 수밖에 없어. 너무 주위에 신경 쓰지 말고 네 페이스대로 밀고 나가기를 바란다.

 독립해서 방을 얻었다고? 정말 부럽다. 나는 지금까지 내내 어머니와 함께 살아왔어. 어머니가 잘못되시기 전까지는 앞으로도 줄곧 함께 살 거야. 그건 나의 숙명 같은 거야. 나와 결혼할 사람도 그런 점을 먼저 이해해줄 사람이 아니면 안 돼. 오히려 어머니 쪽에서 전혀 신경 쓸 것 없으니 얼른 결혼해서 나가 살라고 하시지만, 난 그럴 수 없어. 뭐니뭐니 해도 고아였던 나를 데려다 남 못지 않게 길러주신 분이잖아. 그 은혜도 생각해야지.

 나를 낳아준 친부모였다면 도리어 내 맘대로 살았을지도 모르지만, 난 그럴 수 없더라. 신도 스에아키 선생님이라고 했지? 그 선생님이 부모에게 스스럼없이 화를 내고 토라졌다고 했는데 나도 그 모습이 머리에 선하다. 그러나 나는 절대 그런 식으로는 못해. 양부모님이 나를 육아원에서 데려와주신 게 내가 제법 철이 들었을 때라는 점도 있을 거야. 물론 친어머니 이상으로 애정을 느끼긴 하지만, 결정적인 것은 혈육의 정은 아니라는 거야. 그래서 함부로 내 멋대로 대할 수도 없고, 자꾸만 은혜를 꼭 갚아야 한다는 의무감이 앞서고 말아. 친부모였다면 도리어 가출도 간단히 했을 거야. 이따금 부모에게 걱정을 끼치는 게 어떤 의미에서는 아이들의 의무이기도 하니까. 결혼을 하게 된다면 아내 입장을 먼저 생각해서 둘이 독립해서 살아보겠다고 했을 거야. 부모님도 그렇게 하라고 하셨을 것이고. 아마 그런 것이 평범한 부모와 자식의 관계일 테지? 그러나 혈연으로 맺어진 관계가 아니면, 뭐라고 할까? 잘 설명할 수는 없지만, 마지막 어딘가에서 결국 어리광을 피울 수가 없어. 어딘가에서 브레이크가 걸려버려. 아주 어렸을 때 나를 데려오셨다면 무의식 속에 부모와 자식이라는 관계가 성립되었을 테니까 평범한 부모와 자식들처럼 마구 떼를 쓸 수 있었을지도 모르지만, 내가 중학교 때 양자가 되었으니 어느 정도 철이 든 뒤에 부모와 자식 사이가 된 셈이거든. 아무리 입으로는 아버지, 어머니라고 불러도 마음속 깊은 곳에서는 이 사람들은 나와 피가 섞인 혈연관계는 아니라는 생각을 하게 돼. 도리어 은혜를 꼭 갚아야겠다는 의무감만 강해지면서 진심으로 어리광을 부리는 자식이 될 수 없지.

그런 생각이 분명 내 태도에도 나타날 테니까 어머니도 내가 진심으로 자식답게 굴지 않는다는 것을 아실 거야. 내가 나 자신을 그렇게 정확히 분석할 정도니까 어머니도 다 아실 테지. 그래서 더 죄송해. 때로는 떼도 쓰는 게 어머니를 기쁘게 해드릴 수 있는 일이라면 당당하게 어머니 품을 떠나 독립해서 결혼하고 아이를 낳고, 그 다음에 어머니를 우리 집에 놀러오시게 하는 게 더 좋지 않을까 하는 생각이 들기도 해. 친아들이었다면 나중에 어머니가 늙어 힘이 없으실 때에나 함께 살 거나 하겠지? 그러나 나는 어머니에게 평생에 걸쳐 갚아도 다 갚을 수 없을 만큼 큰 은혜를 받았어. 내가 살아가는 동안 꼭 어머니를 모셔야 한다는 마음도 있고…… 그래서 어머니와 헤어져 산다는 건 절대로 안 될 일이야, 그럴 마음도 없고. 어머니를 슬프게 하는 건 정말 싫다. 어머니 덕분에 지금의 내가 있는 거라고 항상 하느님을 보듯 어머니를 바라보니까 말야.

혼자 사는 게 힘들다는 리리카에게는 미안한 말이지만, 그렇게 혼자 살 수 있는 자유가 나는 한편으로는 부럽기만 하다. 부모가 있는 사람이 웬 사치스러운 소리냐고 리리카에게 꾸지람을 들을 것 같구나. 아닌게아니라 사치스런 고민이다. 다 알면서도 그만…….

아무튼 내게는 어머니와의 관계가 상당히 큰 숙제야. 항상 벽에 부딪히는 원인이 거기에 있어. 사랑을 해도 그 사랑이 결국 제대로 풀리지 않는 큰 이유. 어머니 문제가 없었다면 사랑하는 사람과 동거도 할 수 있을 테지만, 난 아무래도 그런 짓은 못하겠더라. 이성과의 사랑이라고 해도 마치 중학생 같은 사랑에서 전혀 발전하지 못해. 어머니 탓으로 돌리는 건 좀 그렇지만, 연인을 선택할 때도 이 사람은 어머니를 잘 모셔줄 것인지를 먼저 생각하니까 그런 내 생각이 태도에 그대로 드러나는지 결국 잘 안 풀리고 끝나버리더라.

 현재 내게 가장 큰 고민이라면 그런 거야. 왜냐하면 요즘 사랑에 빠졌거든. 아니, 아직 사랑이라고 단언할 수는 없겠다. 사랑을 할 것 같다는 게 정확한 표현일 거야. 상대는 나와 나이가 비슷한 아가씨. 어머니가 다니는 병원(어머니가 지병이 있어서 일주일에 두 번씩 병원에 다니시거든)에서 만났는데, 그 사람을 좋아하는 것 같아. 그런데 역시 어머니 생각이 먼저 나서 친구 이상으로 발전시킬 수가 없어. 한심한 이야기지?

 2년 전에도 사귀는 사람이 있었는데 내가 지나치게 어머니를 걱정하는 바람에 차였어. 또 똑같은 일이 반복될 것 같아 자꾸 멈칫거리게 된다.

 말은 안 하셔도 어머니는 분명 나를 아무에게도 빼앗기고 싶지 않으실 거야. 아버지가 돌아가신 뒤에 나만 믿고 의지해왔는데. 친부모와 자식 사이가 아니어서인지, 내가 만약 어머니를 떠난다면 그건 완전히 독립해버리는 거라고 생각하시는 모양이야. 그렇게 되면 평생 다시는 만나지 못할까 봐 혼자 전전긍긍하시겠지. 그래서 내게 이성 친구가 생기면 은근히 잔소리를 하신다니까. 지난번 여자 친구와도 그래서 결국 틀어지고 말았지.

 좀 이상한 얘기지만, 나도 사실은 어머니가 귀엽고 사랑스러울 때가 있어. 천생 마마 보이라는 말을 들어도 별수 없지만, 항상 어머니가 머릿속에 어른거려. 여자 입장에서야 이런 남자는 당연히 싫겠지. 내가 여자라도 이렇게 어머니를 항상 등에 지고 다니는 남자는 싫을 거야.

혼자 사는 생활, 나는 아직껏 경험해본 적이 없다. 아마 어머니가 내 곁에 계시는 한 앞으로도 없을 거야. 누구 눈치도 보지 않고 내가 하고 싶은 대로 할 수 있는 세계가 있다는 건 부러운 일이다. 나만의 세계, 얼마나 멋지냐? 그렇게 생각하면 쓸쓸함 같은 건 그리 큰 문제가 아닐 것 같은데? 외로움은 가장 좋은 친구라고 생각되는 때가 있어. 외로움과 사이좋게 지낼 수 있을 때 우리는 행복을 느낄 수 있다는 생각도 들고. 지금 너는 그게 가능한 세계에 있어.

그곳은 너만의 공간이잖니? 아무도 그곳에는 들어갈 수 없지. 열쇠를 쥔 사람이 바로 너야. 나만의 열쇠를 채워놓고 외출하고, 나만의 열쇠로 다시 문을 열고 돌아가는 집. 마치 보석상자 같은 공간이야. 정말 부럽다. 물론 나도 내 방이 있지만, 어머니가 매일 청소를 하러 들어오시고, 나만의 열쇠 같은 건 없어. 그러니까 나는 완전히 나만의 세계라는 것을 가져본 적이 없는 셈이야. 사회인이 되어 일정한 월급을 받고 있는데도 이런 상태가 계속 이어지는 거야. 여기에다 결혼까지 하게 되면 그때는 아내도 들락거릴 테니까 내 방은 더 좁아지겠지?

나 혼자 우두커니 방에 앉아 생각을 더듬어보고 싶다. 누구에게도 공상을 방해받는 일 없이 나 혼자 갖가지 일들을 그려보고 싶어. 정말 네가 부럽다.

내가 이렇게 부러워하는 세계를 네가 가진 셈이니까 약간의 외로움은 꾹 참아다오. 너는 어찌됐건 혼자고 자유로우니까 말야. 아무에게도 속박당하지 않는다는 보물을 갖고 있어. 어린이집만 해도 그래. 네가 그만두고 싶을 때는 언제든지 그만둘 수도 있는 거잖아? 그러나 나는 수많은 굴레가 있어서 케이블카 회사를 그만둘 수도 없거니와 어머니를 떠나 혼자 살 수도 없단다.

너는 어떤 지배도 받지 않는 거야. 그렇게 생각하면 굉장한 일이잖니? 그것이 가능하다는 것을 지금은 마음껏 기뻐해야 할 때가 아닐까? 왜 안 그렇겠니? 드디어 혼자 살 수 있게 되었는데. 나중에 누군가를 사랑하고 결혼이라도 해봐. 아무리 결혼생활이 행복하더라도 분명 혼자 있고 싶은 마음이 들 때도 있을 거야. 그러니까 지금 마음 편하게 혼자인 것을 실컷 즐기는 게 좋아.

게다가 너는 도쿄라는 대도시에 살고 있어. 거기는 무엇이든 있겠지? 하코다테는 분명 아름답고 사람들도 모두 착해서 살기 좋은 곳이긴 하지만, 도쿄에 비하면 자극이 너무 적은 편이야. 가능성이라는 점에서도 너는 큰 혜택을 받은 거야. 물론 어느 쪽이 더 행복한가라는 단순 비교는 아니고, 그저 너는 네 나름대로 좋은 점을 무한히 가지고 있다는 얘기지. 그러니까 매일 아침마다 울어서 부은 눈으로 잠에서 깨어날 이유는 없어. 슬픈 일, 외로운 일이 있다면 내게 얼마든지 상담해도 괜찮다. 아니, 꼭 내게 상담해줘. 이상한 이야기지만, 네가 상담거리를 들고 오면 나는 기쁘더라. 그게 어떤 감정인지는 제대로 설명할 수 없지만.

나는 언제든 네 말에 귀를 기울이고 있어. 잠 안 오는 밤이 있다면 편지지에 그 마음을 적어서 보내줘. 나도 네가 보내주는 편지를 항상 기다리고 있으니까. 그럼 이만. 또 편지할게.

4월 20일
모토지로

P.S. 거슬리는 사람이란 어디를 가든 반드시 한두 명은 있게 마련이야. 거슬리는 사람이 없는 세계라는 건 이 지상에는 존재하지 않을 거야. 그러면 어째서 거슬리는 인간이 이렇게도 많을까?

그건 분명 하느님이 너나 나를 시험해보시려고 그런 사람들을 이용해서 인생 공부를 시키시는 거야. 나는 맘에 안 드는 인간을 만났을 때는 항상 그렇게 생각하곤 해. 남의 잘못을 보고 내 잘못을 고치라는 말도 있잖아? 그런 사람들을 내 인생의 교재라고 여기고 내 식대로 살아가는 게 제일 좋은 방법이더라.

한 다리로 버티는 플라밍고

마음에 걸리는데도 내내 정리하지 않은 채 그냥 두는 일 의외로 많지 않아?

나는 그런 게 너무 많아. 이를테면 테니스 교실을 등록해놓고 오랫동안 안 나간 거, 손질 한 번 못 받고 밖에서 비만 맞고 있는 내 자전거, 쓰지도 않을 거면서 해약하지 않은 채 그냥 묵혀두는 은행 계좌, 돌려주지 않고 그냥 가지고만 있는 사진집, 치료를 받아야지 받아야지 하면서도 치과에 가지 않고 방치해둔 해묵은 충치 같은 거.

안녕, 모토?

예의 바른 인사말도 있지만 그런 격식이 어쩐지 좀 어색해서 가볍게 말해봤는데, 어때? 모토라는 애칭이 자연스럽게 내 마음속에 떠오르게 된 지금, 격식 차리는 인사말은 어울리지 않는 것 같아서 말이야.

게다가 문체도 그간 너무 딱딱했던 것 같아. 처음 한동안은 편지 쓰는 데 꼬박 사흘은 걸렸다니까. 편지를 써본 적이 없다는 결점을 내보이지 않으려고 무진 애를 썼어. 그러나 요즘은 대충대충이라고 할까, 약간 편안하게 쓸 수 있게 되었어. 우리가 그만큼 친해졌다는 얘기겠지? 앞으로 더 친해지기 위해서도 우선 첫인사를 바꿀 필요가 있는 것 같아 '안녕?'이라고 바꿔봤어. 앞으로는 항상 '안녕?'이라고 할래(그대로 따라하면 안 돼. 모토는 모토의 인사말을 생각해내라구. 모토라는 애칭, 정말 다정하게 느껴지지?). 그럼 처음부터 다시!

안녕, 모토? 잘 지내고 있어?

편지를 받고도 이번에도 곧바로 답장하지 못해 미안해. 보름이 넘도록 답장을 쓰지 못한 데는 몇 가지 이유가 있어.

첫째로는 약간의 질투. 모토에게 연인이 생겼다는 거 정말이야? 지난번 편지에 어머니가 다니시는 병원에서 알게 된 아가씨를 사랑한다고 했는데, 이 편지가 닿을 즈음에는 벌써 그 사랑이 무르익었을지도 모르겠네. 그래, 이런저런 망설임도 있는 것 같지만 분명 크게 발전되었겠지. 발전되지 않았을 리가 없어. 그렇게 구체적으로 누구라고 밝혔을 때는 그만한 근거가 있었을 거야, 틀림없이…… 그래, 모토가 사랑에 빠졌구나.

그 뒷얘기를 묻기가 왠지 두려워서 내내 편지를 쓰지 못했어. 웃지 마. 모토를 사랑했던 건 아니지만, 어쩐지 아버지를 빼앗긴 듯한 섭섭함이 밀려와서 가슴에 질투의 폭풍이 마구 휘몰아쳤다구.

그런데 곰곰 생각해보니 모토처럼 다정한 사람에게 연인이 생기지 않을 리가 없더라. 게다가 내가 모토를 평생 독점할 수 있는 것도 아니고, 그나마 이렇게 편지를 계속 해주는 것만도 고맙지. 더이상 무언가를 바란다는 건 염치없는 일이지. 아무튼 나 좋을 대로 모토에게 떼만 써왔다는 생각에 한동안 우울했어. 그러나 시간이 지나면서 그런 감정은 가까스로 수습했는데 그러다 그만 이번에는 내가 사랑에 빠져버렸어. 정말 나 스스로도 믿을 수가 없어. 그래서 곧바로 답장도 하지 못하고 상황을 지켜보느라 오래도록 소식도 못 전했어, 미안.

이것을 사랑이라고 해도 좋을지 모르겠네. 그저 모토와의 처음 약속에 따라 나는 진실을 있는 그대로 밝힐 생각이야. 우리의 편지에는 서로 아무에게도 말한 적이 없는 진실한 얘기만 쓰기로 했던 약속, 기억하지?

진짜 얘기를 쓰려면 나름대로 용기가 필요하고, 또 그럴 만한 일이 생기지 않으면 쓸 수 없는 거잖아? 근데 지금 내게 그럴 만한 일이 생기고 말았어.

어디까지 말해야 좋을지 오래 고민했다구. 그러나 모토말고는 상의할 사람이 없어. 그러니 용기를 내서 진실한 얘기를 할게.

사랑이 아닌지 모른다고 한 데는 까닭이 있어. 그 사람을 만나도 가슴 떨리는 일이 없어. 사랑의 떨림을 경험해본 적이 없으니까 사람들이 흔히 말하는 그 가슴 떨림이라는 게 뭔지는 모르지만, 그러나 어떻든 그 사람을 생각해도 가슴이 두근거리지도, 가슴이 꽉 막히지도 않는 걸 보면 역시 사랑은 아닌가 봐.

단지 그 사람이 내게 다정하게 대해주었으면 좋겠다는 바람은 엄청 간절해. 이상한 말이지만, 나는 그 사람에게 아버지 같은 포용력(모토에게 품고 있는 것과 비슷한)을 일방적으로 요구하는 것 같아. 게다가 나는 사랑이 무엇인지 아직 알지도 못해. 이

나이 되도록 아직 아무도 사랑해본 적이 없으니까. 아니, 타인을 믿어본 적도 없다고 하는 편이 맞을까? 사랑하는 방법도 사랑받는 방법도 모른 채 나이만 먹어버렸다구.

그 사람이 상당히 적극적으로 나왔고 나도 속으로 은근히 좋아해왔던 탓도 있겠지만, 데이트 신청에 그렇게 간단히 응해버린 나 자신이 지금 돌아보니 약간 창피해. 내가 그렇게도 외로웠었는지, 정말 새삼 놀랍기만 하구.

그 사람은 내가 담임을 맡은 팬더반 아이의 아버지야. 지난번 편지에 조금 썼었는데, 아침마다 가즈라는 아이를 어린이집에 데려오는 아버지. 그러니까 이건 흔히 말하는 불륜인 셈이지.

놀랐지? 나를 경멸하겠지? 이 얘기를 하면 모토가 더이상 답장을 안 해줄지도 모른다는 각오를 하고 털어놓는 거야. 진실한 얘기를 하는 데는 정말 용기가 필요하다구…… 이런 얘기를 감추고 거짓말만 한다면 말끔한 사람으로 남을 수 있겠지만, 우리의 편지는 진실만을 나누기 위해 시작한 거니까 진짜 얘기를 전부 다 쓸래. 편지지에 전부 다 적겠다고 마음먹었는데 자꾸 손이 떨려서 제대로 글씨를 못 쓰겠어. 남자에게 몸을 연 건 처음이었으니까 열아홉 살이나 된 나이에 참 어지간히 덜 떨어진 첫경험이었어. 그동안 인간에 대한 불신이 너무 강해서 어떤 남자에게도 사랑을 느낄 수 없었기 때문에 아직껏 그런 경험도 없었어.

러브 호텔이란 곳에 들어간 것도 처음이었어. 시부야 변두리의 번화가에 줄줄이 늘어선 호텔들. 무슨 스포츠 클럽처럼 로비가 환하더라. 거기에서 젊은 남녀들이 방이 비기를 당당하게 기다리고 있었어. 마치 유원지에서 롤러코스터의 순서를 기다리는 듯 재잘거리고 웃으면서. 내가 상상했던 것보다 훨씬 건전한(?) 분위기여서 풀썩 김이 빠지더라. 한편으로는 이곳에서 처녀를 잃는다는 생각에 도리어 마음이 편해지대. 어차피 언젠가는 어딘가에서 버리게 될 텐데, 이런 사람이 차라리 적당하겠다고 결심을 하고 따라들어갔어.

　그 사람에게 처음부터 호감을 가지긴 했지만 그건 그저 탤런트를 좋아하듯 멀리서 지켜보는 정도일 뿐이었어. 어떻든 그 사람을 사랑하는 건 아닌 것 같아. 사랑이란 없어. 사랑이 무엇인지 정확히 모르니까 단정할 수는 없지만, 내가 그 사람에게 원하는 건 사랑이라든가 연애감정이라든가 그런 게 아니야. 내 마음이 어떤지 전혀 갈피를 잡지 못한 채 나는 그저 매달리듯 그 사람에게 안겼어.

　그리고 뭐가 뭔지 잘 알 수 없는 상태에서 끝나 쾌감 같은 건 없었어. 아픔과 고통과 약간의 따분함을 느꼈을 뿐이야. 잠시 물살이 빠른 강에 빠졌던 것만 같은 느낌. 온 힘을 다해 건너편 언덕에 닿고 싶지만 헤엄을 치고 또 쳐도 그곳에 닿지 못하는 듯한 느낌, 팔다리에 이상하게 힘이 들어가서 밧줄에 꽁꽁 묶인 것 같았어. 아마 아버지에 대한 복수의 마음과 아버지 냄새를 맡아보고 싶다는 마음이 반씩 뒤섞인 기분이었던가 봐. 그런 분열된 감정이 나를 꽁꽁 얼어붙게 했던 거겠지.

그 사람은 내가 처음이라는 것을 알고는 굉장히 놀라더라구. 낭패하는 표정이었어. 나를 한참 내려다보다가 간신히 "샤워해"라고 더듬더듬 말하더라. 나는 시키는 대로 목욕탕으로 달려갔어. 그런데 샤워하다가 눈물이 나는 거야. 슬퍼서가 아니야. 잘 표현할 수는 없지만, 그냥 눈물이 흘러나왔어. 내 몸뚱이가 싫었어. 살아 있다는 것이, 존재한다는 것 자체가 너무 싫었어.

가즈의 아버지와 그런 관계에 이르게 된 경위를 조금 자세하게 얘기해야겠지? 겨우 일 주일쯤 전의 일이야. 역 앞에서 가즈의 아버지(기바 겐타가 그의 이름이야)를 우연히 만난 게 시작이었어. 그는 회사에서 돌아오는 길이었다는데 그쪽에서 먼저 나를 알아보고 말을 걸어왔어. 정확히 무슨 얘기를 했었는지는 잊었지만, 곧바로 저녁이나 먹자더라. 이미 그때부터 내가 언젠가 가까운 장래에 이 사람과 잘 거라고 직감했어. 이상하지? 진짜 이상해.

"괜찮으세요? 가족과 함께 저녁을 드시지 않아도?"

말은 그렇게 하면서도 내 쪽에서 도리어 기바 씨를 유혹했던 것 같아. 분명 그때 내 눈에서는 푸르스름하고 기괴한 광선이 뿜어져 나왔을 거야. 같이 식사하자고 한 사람은 그 사람이었지만, 그건 분명히 내 쪽에서 불러들인 일이었어.

주변의 시선에서 도망치듯이 가장 가까운 지하 술집으로 들어가 거기서 한동안 서로 마주 바라봤어. 기바 씨는 연달아 농담을 해가며 뻣뻣하게 긴장한 나를 웃겨주려고 무척 애를 썼어. 둘 다 어린 가즈가 자꾸 머릿속을 스치는 바람에 농담도 금세 시들해지고 서로 입가가 굳어버리곤 했지. 그래도 얼굴의 긴장을 열심히 풀어가며 얘기를 이어갔어.

나는 내가 고아였다는 얘기를 했어. 어째서 그렇게 쉽사리 내 성장에 대한 비밀을 털어놓았는지 모르겠어. 그 순간에 가즈에게 미안하다는 마음과 똑같은 양만큼 왠지 모토에게도 미안해서 견딜 수가 없었어…… 이 사람에게 내 얘기를 어디까지 할 수 있는지 시험이라도 해보듯이 나는 내 지난 얘기를 늘어놓았지. 기바 씨는 스포츠맨처럼 날카로운 얼굴이지만 동시에 눈매가 무척 선량해서 누가 봐도 성실한 인상으로 보여. 웃는 모습이 내가 어릴 때부터 항상 마음속에 그려왔던 아버지의 미소 그대로이고 목소리도 저음으로 굵직해서 정말 믿음직해.

그런 겉모습에 드러난 편안함에 빠지고 말았던 것 같아. 기바 씨라는 사람을 좋아한 게 아니라 가즈의 아버지를 원했던 게 아닌가 싶어. 아버지가 있었으면 하는 마음에서 내 몸을 그 사람에게 줘버렸나 봐. 그 사람을 내게 좀더 가까이 끌어당기고 싶어서.

어젯밤에 시부야 역 앞에서 또 그 사람을 만났어. 휴대폰으로 거기서 만나자는 전화가 걸려왔을 때 나는 결심을 했어. 그 사람이 다시 원한다면 응하자구. 왠지는 모르겠어. 설명할 수가 없어, 나 스스로도 이해할 수가 없는걸.

식사를 하고 술을 마시고 문득 정신을 차리고 보니 기바 씨에게 이끌려 호텔 입구에 서 있더라. 네온사인이 휘황한 거리를 올려다본 순간 이곳에 또 하나의 입구가 있다는 생각이 들었어. 저 문을 지나면 나는 돌아올 수 없는 다른 세계로 가버리는 거라고, 공포와 욕망이 뒤섞인 세계가 거기에 있었어.

고통과도 같은 행위가 끝나고 샤워로 모든 것을 다 씻어낸 뒤, 또 하나의 세계로의 입구, 즉 내 쾌락이 기다리고 있었어. 나는 기바 씨의 가슴에 얼굴을 비비며 그의 땀 냄새를 맡았어. 두툼한 가슴에 수없이 얼굴을 비비며 행복이란 이런 것이구나, 라고 나 자신에게 자꾸 되뇌었어.

기바 씨의 굵은 팔에 안겨 체크아웃 시간까지 잤어. 마치 아기가 된 듯한 기분으로. 기바 씨는 내가 처녀였던 게 마음에 걸렸던지 내내 미안하다는 말만 하더라구. 왜 이 사람이 내게 사과를 하는 걸까, 그런 생각을 하면서도 그 목소리가 마치 자장가처럼 들려서 나는 한없이 편안했어. 그가 꼭 끌어안고 있는 동안만은 이제까지의 삶의 고뇌가 모두 사라지는 듯한 기분을 느낄 수 있어.

'아, 이것이구나, 이것이 내가 그토록 원하던 아버지라는 존재의 냄새구나.'

굵은 팔뚝, 착한 눈매, 땀 냄새, 저음의 굵은 목소리. 그의 심장 소리를 귀로 하나하나 헤아리면서 나는 자꾸자꾸 어린 아기로 돌아갔어. 어린이집 아기들처럼 천진무구한 세계로.

시간이 되어 호텔에서 나와야만 할 때까지의 그 시간이 정말 너무나 행복했어. 그쯤에서 내 인생이 끝나버려도 괜찮다는 생각이 들 만큼. 그렇게 편안한 행복감을 느낀 건 태어나서 처음이었어.

호텔에서 나와서야 비로소 내가 저지른 일이 얼마나 큰 죄인지 깨달았어. 내게는 없는 것, 내게는 태어나면서부터 배당되지 않았던 행복이라는 것을 나는 타인의 가족에게서 빼앗은 거야. 그러나 가즈와 기바 씨의 부인에게 그토록 떳떳하지 못한 짓을 했으면서도 나는 행복의 냄새를 맡을 수 있었다는 게 더 기뻤어. 불행과 행복이라는 거, 정말 뜻밖에도 서로 등을 맞대고 함께 있는 것이더라구. 한없이 두려우면서도 그 늪 속으로 자꾸 빨려들어가는 게 한편으로는 기분이 좋았으니까.

모토, 나를 경멸해? 이런 악마 같은 마음을 가진 나를 분명 경멸할 거야. 그러나 약속한 대로 진실을 말하고 싶었어. 이 일로 모토가 나를 미워한다면 그 충격으로 더이상 죄를 짓지 않게 될지도 몰라. 아마 내가 그걸 원하고 있나 봐. 바보 같은 리리카, 어리석은 리리카, 불쌍한 리리카.

모토, 나와의 관계를 끊어도 괜찮아. 다시는 돌아보지 않아도 괜찮아. 답장은 해주지 않아도 돼. 그저 모토에게 이렇게 진실을 전할 수 있어서 조금 마음이 편해. 그동안 괴로워서 정말 견딜 수가 없었거든.

기바 씨와 잔 다음날, 어린이집에 출근해야 한다는 게 끔찍했어. 그러나 결근을 할 수도 없어서 간신히 이불에서 기어나와 출근했더니, 글쎄 기바 씨가 아니라 부인이 가즈를 데리고 왔더라구. 부인과 가즈의 모습을 보자마자 기바 씨가 정말 비겁한 사람이라는 생각이 들었어. 왜 평소에 하던 대로 자기 손으로 데려오지 못했는지. 내가 어떤 마음으로 부인의 손에서 가즈를 받아 안을지 생각이나 해봤는지…… 그 사람의 그런 무신경에 너무 화가 나고, 역시 이건 사랑도 뭣도 아니고 그저 실험이었구나 하는 생각이 들었어. 그래, 실험. 평범하게 아무 부족함 없이 살아온 사람들과 접한다는 게 어떤 것인지 한번 알아보려던 실험이라고 여기기로 했어.

그리고 이 실험은 조금 더 이어질 거야. 기바 씨 가족의 행복을 관찰하면서 평범하게 살아가는 사람들이 가진 행복이라는 게 어떤 것인지 한번 탐색해보려구. 행복…… 정말 너무나 멀고 먼 것이구나.

어쩌면 이건 복수인지도 몰라. 나만 외롭게 살아왔잖아. 나를 버린 사회에 대한 복수. 복수라구? 정말 지지리도 진부한 말이네.

여기까지 단숨에 썼는데, 다시 읽기가 두려워. 이 편지를 정말 우체통에 넣을까? 그리고 이걸 읽을 모토의 고통에 찬 얼굴을 상상하면서 폭탄 터트리기에 성공한 테러리스트 같은 기분을 즐길까? 내 복수극의 전말을 다 얘기해놓고 나는 혼자서 악의 영웅이라도 된 듯한 기분을 맛보려고? 모르겠어. 지금은 내 마음을 도무지 모르겠어.

그저 정직하게 일어난 일, 저지른 일을 전했을 뿐.

미안해, 이런 얘기밖에 하지 못해서.

5월 6일
리리카

추신 그래도 자살 같은 건 하지 않을 거야.

도오노 리리카에게

뭐라고 답장을 해야 좋을지 몰라 네가 보내준 편지를 수없이 읽으며 하루 해를 보냈다. 숨이 턱턱 막히는 말들로 가득 채워진 너의 두툼한 편지. 문장 한줄 한줄에 너의 피가 새겨진 듯 고통이 넘쳐서 나는 어떻게 너를 위로해줘야 할지 몰라 그저 편지지를 향해 멍하니 넋을 놓고 있었어.

너는 내게 진실을 낱낱이 밝혀주었구나. 진실을 얘기하는 데는 용기가 필요하다고? 나도 그렇게 생각해. 거기다 진실이라는 건 정말 아픈 것이기도 하더라. 그것을 받아들이는 쪽에도 그 아픔이 똑같은 양으로 파고들어. 진실이라는 것은 양날의 칼 같은 것이구나.

솔직하게 말할게. 너를 위로하거나 격려할 말, 아니 꾸짖거나 반대로 감싸줄 말을 나는 모른다. 제아무리 번드레한 말을 늘어놓아도 지금의 네 마음에 닿지 않을 것만 같다. 그러나 아무리 그래도 내가 무슨 말이든 해줘야 네가 이 세상과 얇은 종이 한

장이라도 연결되어 있다는 느낌을 가질 수 있겠지?

문제는 사랑이란 무엇인가 하는 것이야. 그런데 그건 너와 마찬가지로 나도 몰라. 나는 아직껏 경험도 없고, 너처럼 남을 진정으로 사랑했던 적이 없으니까. 그러나 이 말만은 할 수 있겠다. 너무도 쉽사리 누군가를 사랑해버리는 이 시대에 쉽게 사람을 사랑하지 못한다는 건 결코 나쁜 일은 아니야. 사랑이 범람하는 요즘 시대에는 더더욱 사랑과 진지하게 마주하는 게 옳다고 생각해.

네가 기바 씨에게 원했던 것이 사랑이 아니었다고 하자. 그렇다면 이 관계는 어떤 호기심 같은 것에서 시작된 행위가 아닐까? 행복이라는 것을 너무 모른 채 살아온 우리들이 잠시 남의 행복의 향기를 맡아보고 싶었던 것에 불과해. 그렇다면 그 관계는 얼마 못 가 끝날 거야.

너무도 안이했던 첫 경험에 대해서는 네가 후회만 하지 않는다면 그걸로 괜찮다고 생각한다. 그러나 한 가지만 경고해두자. 너무 깊이 빠져들기 전에 그 사람과의 관계는 끝내는 게 좋아. 너에게 이 관계를 지속할 만한 진실한 마음이 있다면 나도 굳이 말리지는 않겠어. 그러나 그저 행복을 맛보고 싶다는 마음에서 가졌던 관계라면 여기서 그만두는 게 너를 위해 좋지 않겠니? 너도 이제는 너의 행복을 찾아야지? 가즈라는 아이와 기바 씨

부인이 너무 불쌍하다는 식으로, 지극히 당연한 설교를 할 마음은 없어. 그렇지만 네가 지금 보고 있는 건 그저 환상에 지나지 않아. 알겠니? 행복이라는 건 말야, 인간의 수만큼 다양한 거야. 네가 엿본 건 그중 하나에 지나지 않아. 너에게는 네게 꼭 맞는 행복이 분명히 있어.

내가 걱정하는 건 네가 기바 씨의 팔에 안겨 있는 그 순간의 행복을 원하는 나머지 그 사람과의 관계를 길게 끌었을 경우야. 한 번이라면 실수로 봐줄 수도 있지만 습관으로 굳어버리면 좀체 멈추기가 어려워. 너 스스로 진흙구덩이에 빠져드는 꼴이 돼.

좀더 자신을 소중히 했어야지. 그 사람이 무슨 생각으로 너를 유혹했는지 정확한 사정은 모르니까 내가 지금 여기서 상상만으로 얘기를 펼치는 건 좀 신중을 기해야겠지만, 가령 그 사람이 진심으로 너를 좋아하게 된다면 가장 괴로워지는 건 리리카 너야. 왜냐하면 너는 그 사람을 사랑하는 것도 아니잖니? 나중에 그냥 한번 놀아본 거라고 할 수는 없잖아? 그저 남이 가진 행복의 냄새를 맡아보고 싶었다고 할 수도 없어. 그 사람이 한때의 바람이라면 그나마 다행이고, 혹시나 진심으로 나오면 일이 더 복잡해질 것 같아 정말 걱정스럽다. 가족이 딸렸으니 별별 일이 다 생길 거 같아서.

좀더 네 주위를 넓게 둘러보는 게 어떻겠니? 아니면 되도록 자주 밖으로 나가보는 것도 좋겠다. 친구가 없는 건 나도 마찬가지지만, 나는 언젠가부터 억지로라도 친구를 만들려고 애써왔어. 모두가 다 좋은 친구가 되는 건 아니지만, 여러 사람들을 만나다 보면 인간을 평가하는 기준도 불어나더라. 인간의 수와 똑같은 만큼의 존재 이유가 있다는 것도 깨닫게 돼.

어린이집 같은 좁은 곳에서 만남을 찾는 건 좋지 않은 것 같다. 기왕 사회인이 되었으니까 조금 더 멀리 사람들 사이로 걸어 나가 봐. 그리고 사랑을 해야 해. 연애는 조금 더 있다 해도 좋을 테니까 우선 사랑을 하자. 사람들 사이로 나가서 진정한 사랑을 찾는 거야. 물론 네 나이에 적합한 사랑만이 사랑은 아닐 거야. 어쩌다 결혼한 사람을 사랑하게 되었다 해도 나는 그건 그것대로 괜찮다고 생각해. 그러나 사랑하지도 않으면서 상대방의 마음만 붙들고 있으려는 건 가장 나쁜 거야. 인간은 도구가 아니지? 역시 사랑하는 마음이 있어야겠지?

이렇게 말하는 나도 실제로는 연애가 서툴러서 지금껏 한 번도 누군가를 좋아해본 적이 없지만, 이번에 처음으로 이성을 좋아하게 될 것 같아. 아직 일방적인 짝사랑 단계지만 아마도 이게 사랑이지 싶다. 그 사람은 지난번 편지에 쓴 그대로 어머니가 다니시는 병원에서 만났어. 그렇지만 어머니가 진찰을 받는 동안 대합실에서 이따금 세상 돌아가는 얘기를 하는 정도야. 정말 아직은 사랑을 하고 있다고 말할 단계도 못 돼. 그러나 첫눈에 반했다고 할까, 이런 기분이 든 건 처음이다. 그래서 내가 이런 내 마음을 대체 어떻게 다스려갈 것인지 한번 찬찬히 지켜보고 싶다.

첫눈에 반한다느니 짝사랑이라느니 그런 거, 노래 속에나 나오는 것이라고 생각했어. 그러던 내가 이성에 대해 가슴이 두근거리는 게 신기하기만 하다. 23년 만에 처음이니까 이것도 진실한 고백으로서 너에게 전하기는 한다만, 정말 한심하게도 아직껏 어떻게 해야 좋을지 모르겠어. 다른 사람이었다면 어떻게 했을까? 말을 걸어보자는 생각만 해도 벌써 귓불이 후끈거리고 그만 정신이 아득해져서 당황하게 돼.

그 사람은 항상 고개를 숙이고 있고 약간 어두운 인상이지만, 옆모습 어딘가에 마리아 상과도 같은 아우라가 감돌고, 항상 내려뜨고 있는 그 눈이 무얼 보고 있는지 자꾸만 궁금해져. 무엇을 생각하고 있는지 그 사람의 마음을 들여다보고 싶어 견딜 수가 없어. 그 사람의 마음…….

타인의 마음을 들여다보고 싶은 건 난생 처음이야. 그래서 이게 사랑이라는 것을 깨달았지. 아니, 모르겠다. 사랑한다는 게 대체 어떤 것인지 여태 몰랐기 때문에 그런 생각이 든 것이겠지만, 너는 어떻게 생각하니? 상대가 무슨 생각을 하고 있는지 알고 싶다는 강한 욕구, 이게 사랑의 원동력일 것 같은데.

너와 기바 씨의 일에 대해 내가 잔소리를 할 처지는 아니지만, 네가 참된 행복을 원한다면 너는 우선 진정한 사랑부터 해야 하는 게 아닐까? 그리고 나도 마찬가지야. 이번 만남에서 처음으로 마음이 움직인 것에 약간 기대를 하고 있어.

어떻든 태어나서 처음으로 마음이 흔들렸다는 나의 진심을 너에게 알려줄게. 나는 이런 게 사랑의 시작이라고 확신해. 진실한 마음이 담겨야 비로소 참된 행복도 얻을 수 있다는 것을 네가 부디 알아주기를 간절히 빈다.

리리카, 다시 한번 생각해봐라. 기바 씨를 생각하면 네 마음이 흔들리니? 부디 기바 씨에게 너무 깊이 빠져들지 않기를 바란다. 네 마음 끝자락에 묶인 실 끝을 잘 더듬어가보렴. 그리고 보다 넓은 거리로 나가서 진정한 너의 사랑을 찾기를.

신록의 계절이잖니? 뉴스에서 연둣빛으로 물들어가는 도쿄 거리를 봤다. 네가 살고 있는 동네가 어떤 곳인지는 모르지만, 분명 그곳에도 절이나 공원, 푸른 잎이 우거진 길이 있겠지? 좁은 방 안에서 혼자 끙끙 앓지 말고, 때로는 맑은 햇빛과 나무숲 아래에서 크게 심호흡을 해봐라.

5월 10일
모토지로

안녕, 모토?

엽서라서 미안, 이해해줄 거지?

저번 편지 고마워, 굉장히 기뻤어. 모토의 마음, 소중히 간직할게. 나 자신도 소중히 하고. 그러나 지금은 그냥 휩쓸릴까 봐. 너무 깊이 빠지지 않을 만큼만, 이 강의 흐름을 거스르지 않고 그냥 흐르는 대로 내버려두려고.

아참, 엉뚱한 얘기지만, 마음에 걸리는데도 내내 정리하지 않은 채 그냥 두는 일 의외로 많지 않아?

나는 그런 게 너무 많아. 이를테면 테니스 교실을 등록해놓고 오랫동안 안 나간 거, 손질 한 번 못 받고 밖에서 비만 맞고 있는 내 자전거, 쓰지도 않을 거면서 해약하지 않은 채 그냥 묵혀두는 은행 계좌, 돌려주지 않고 그냥 가지고만 있는 사진집, 치료를 받아야지 받아야지 하면서도 치과에 가지 않고 방치해둔 해묵은 충치 같은 거.

더이상 미룰 수 없는 순간이 닥칠 때까지 아마 이대로 마음속에 묵직하게 담아놓고 있겠지. 역시 나는 생활 방식에 문제가 있는 것 같아. 막상 발등에 불이 떨어지면 그때는 허둥지둥 큰 고생을 할 게 뻔한데도…….

5월 13일
리리카

친애하는 리리카에게

 마음속에 묵직하게 담아둔 채 그냥 내버려두는 거, 나도 많아. 예를 들면 여태껏 지키지 못한 친구와의 약속 같은 거.

 벌써 꽤 오래 전의 일이다. 고등학교 때 같은 반 친구하고 홋카이도 자전거 일주를 하자고 약속했었지. 사나이끼리의 약속이라며 굳게 맹세했었는데 아직도 못 지키고 있어. 그 친구, 시청의 평생교육과에서 일하고 있거든?

 좁디좁은 도시니까 마음만 먹으면 언제든 만날 수 있는데 왜 그런지 요즘 얼굴 보기도 힘들다. 너무 가깝다는 게 오히려 문제인가 봐. 그런 약속을 했다는 것조차 서서히 잊혀져가는 것 같아.

 홋카이도 자전거 일주는 고등학교 때 내 꿈이었어. 과연 그 약속을 이룰 수 있을까?

 해가 갈수록 점점 더 어려워지는 것 같다.

 엽서도 좋구나. 근데 글씨가 빽빽해서 좀 답답해 뵌다. 그렇지?

　추신　편지를 주고받는 또 하나의 이유는 이곳이 아닌 다른 세계에 대해 알 수 있다는 것! 잊지 않았겠지?

5월 16일
모토 씀

친애하는 리리카

조금 전에 엽서를 우체통에 넣고 왔는데, 왠지 또 편지를 보내고 싶어 서둘러 쓰고 있는 참이다. 그러니까 아까 보낸 엽서와 이 편지가 함께 들어갈 거야.

얼마 전에 오사카에서 왔다는 화가 한 사람을 알게 되었어. 만화 영화 〈무민〉*의 방랑자 스너프킨하고 꼭 닮은 사람이야.

나이가 나보다 다섯 살이나 위인데도 동창처럼 편안하게 말이 통하는 신기한 인물이었어. 쉬는 시간에 함께 식사를 하면서 오사카 얘기도 듣고, 길고 긴 여행을 했다는 유럽과 미국 얘기도 실컷 들었어. 정말 감동의 도가니였지. 그 얘기만 듣고도 상상력이 마구 펼쳐지면서 마치 내 발로 먼 나라를 여행한 듯한 기분이

---

* 핀란드의 동화 작가 토베 얀손의 작품을 원작으로 한 애니메이션으로 미야자키 하야오가 원화 제작에 참여, 1969년에 제작되었다.

들더라니까.

헤어지기 직전에 그는 '세계 모든 사람들은 우정으로 연결되어 있다'라는 의미심장한 말을 남기고 떠났어.

그런데 그 스너프킨 씨와 헤어진 몇 주일 뒤에 한 통의 전화를 받았어. 초등학교 동창이고 같은 반이었던 적도 있는 아야코라는 여자 친구였어. 근데 아야코가 무슨 이야기 끝에 혹시 스너프킨이라는 사람을 아느냐고 묻는 거야. 깜짝 놀라서 어떻게 그 사람을 아느냐고 내가 되물었지. 얘기를 듣고 보니 일이 이렇게 된 거였어. 가끔 그런 일 있잖아. 친구의 친구가 아이를 낳았다더라, 친구의 친구의 또 그 친구가 복권에 당첨되어서 천만 엔을 받았다는 식으로 건너건너 누군가의 소식을 듣는 일이 있지? 그런 거였어, 말 전하기 놀이처럼 말야. 스너프킨의 친구의, 친구의, 친구의, 그 또 친구쯤이 아야코였던 거지. 알겠니? 어째 얘기가 굉장히 복잡해졌다.

그러니까 내 말은 나와 너 사이에도 뭔가 우정의 끈이 존재하고 있을 거라는 얘기야.

네게 직접 전화를 하지 않더라도 네가 사는 곳과 되도록 가까운 곳에 사는 내 친구에게 전화를 하는 거야. 네가 사는 시모기타자와에는 친구가 없으니까 우선 도쿄 근교에 사는 친구 정도면 되겠지? 그러면 그 도쿄 근교에 사는 친구가 시모기타자와와 가까운 세다야 구에 사는 친구에게 전화를 하고, 세다야의 친구는 네가 사는 시모기타자와의 어떤 친구에게 전화를 하겠지. 어때, 점점 가까워지지? 그 다음에는 그 친구가 네가 아는 누군가와 연결이 될 만한 친구에게 전화를 걸 거야(이건 어디까지나 추측이야). 그렇게 점점 너를 향한 친구의 네트워크가 좁혀 들어가는 거지. 그러면 반드시 내가 했던 얘기가 너에게 가 닿을 거야. 얼른 믿어지지는 않겠지만 이건 분명히 이어지게 되어 있는 일종의 마술이야. 내게 날아온 스너프킨 얘기도 분명 그와 똑같은 단계를 거쳐 나에게 도착했겠지? 이런 메시지를 담고 말야.

"어이, 잘 지내나? 거봐, 내 말이 맞지? 세계 모든 사람들은 우정으로 연결되어 있다구."

어때, 굉장하지 않니? 정말 스너프킨의 말 그대로 세상 모든 사람들은 서로 연결되어 있었어. 우정이란 거 굉장히 위대한 것이지? 우리도 이담에 한번 시도해볼까?

5월 16일 저녁
나가사와 모토지로

PS 가만 생각해보니 너하고 나, 간토와 홋카이도 사이의 멀고 먼 펜팔이구나. 내가 띄우는 편지는 어떤 방법으로 너에게

가는 걸까? 비행기? 아니면 기차? 인터넷 시대에 정말 고풍스럽고 느긋한 마음의 여행 같지 않니?

친애하는 모토지로

 스너프킨 얘기, 너무 재미있었어. 친구의 친구, 또 그 친구의 친구로 건너가면 정말 무지 길게 이어질 거 같아. 그렇게 생각하니까 세계가 하나라는 게 실감 나.

 그러고 보니 내 친구의, 또 그 친구의 친구쯤 되는 사람이 시모기타자와 병원에서 간호사로 근무하는데 나와 마찬가지로 하코다테 사람하고 펜팔을 한다는 얘기를 들었어. 어떤 식의 펜팔인지 물어보지 않아서 자세히는 모르지만, 어쩐지 그 상대가 모토인 것만 같더라구. 그래, 모토가 나말고도 다른 사람하고 편지를 주고받을 수도 있지. 여태껏 내가 어수룩해서 눈치를 못 챘을 뿐인지도…… 하긴 펜팔 친구라는 거 많이 있어도 그리 이상한 일은 아니겠지.

 진짜 나말고 다른 펜팔 친구가 있는 거 아냐? 만약 그렇다면 나, 쇼크! 이런 걸 두고 펜팔 바람기라고 해야 하나? 아, 괜한 걱정은 하지 말구. 나는 모토말고는 다른 어느 누구와도 편지를 하지 않으니까.

  또 편지할게.

5월 17일

도오노 리리코

  추신 때때로, 하늘에 반짝이는 별을 보면서 모토를 생각하곤 해. 밤하늘에 별이 반짝이는 한 나는 항상 모토에게 감사할래. 문득문득 생각해, 지금 이렇게 내가 다시 건강하게 지낼 수 있는 건 모토지로의 헌신적인 우정 덕분이라고. 다시 일어설 수 있을 것 같은 느낌이 조금은 들어(재빨리 다시 일어서는 게 내 유일한 장점이지).

  내게 눈물겹도록 매운 충고를 보내주는 건 이 세상에서 단 한 사람, 모토지로뿐이야.

  정말 항상 고마워.

친애하는 리리카에게

요즘 나는 요리에 흠뻑 빠져 있어.

그것도 이탈리아 요리. 아주 난리도 아니다.

정식으로 배운 적은 없는, 정확하게 말하자면 '창작 이탈리아 요리'라고 해야 맞아.

옛날부터 나는 설명서나 해설서 읽는 걸 아주 싫어해. 거기다 남에게 뭘 배우러 다니는 것도 영 소질이 없어서 요리도 완전히 내 멋대로야. 누군가에게 배운 적도 없다니까. 배우는 것보다는 내 스스로 발견하는 데 더 취미가 있나 봐.

이런 걸 천재 성향이라고 해도 되겠지? 태어나서 처음 만들어 본 이탈리아 요리는 '리조또'.

요리를 시작하기 전에 내가 한 일이 뭔지 아니? 그건 예전에 딱 한 번 먹어본 적이 있는 리조또의 맛을 정확하게 떠올려보는 것이었어.

에헴, 어떤 요리에서나 다 그렇지만 훌륭한 요리사란 음식의 완벽한 이상형을 머릿속에 똑똑하게 그려낼 줄 아는 사람이니라……

그럼 여기서 '나가사와 모토지로식 하코다테 초간단 리조또'의 요리법을 소개해드리지.

우선 작은 냄비에 적량의 물을 끓여. 거기에 양풍 가루*와 설탕을 조금 넣어서 국물이 만들어지면 밥을 적당히 넣고 맛이 밸 때까지 잠깐 끓여. 되도록 밥이 풀어지지 않게 하는 게 좋아.

그리고 화이트 와인, 올리브 오일, 발사믹 식초를 적당히 넣고 다시 끓이지. 국물이 졸아들 즈음 치즈 가루를 듬뿍 뿌려. 다 되면 달걀 노른자를 풀어넣고 저어주시라.

어때, 점점 리조또하고 비슷해져가지? 여기에 채 썬 피클을 넣고 재빨리 섞어줘야 돼. 접시에 담고 마지막으로 파슬리를 솔솔 뿌려주면 나가사와 모토지로식 리조또 완성!

근데 어려운 건 적당량을 어떻게 해석하느냐는 거야. 이 적당량이라는 걸 감으로 잘 조절하는 것이야말로 천재냐 아니냐를 가늠하는 기준이 되지.

보나 페티토!**

---

*서양 요리에서 쓰이는 조미료. 육수 맛을 내주는 가루.
**맛있게 드십시오, 라는 이탈리아어.

리리카, 너도 꼭 한번 해봐라.

> 5월 23일
> 모토지로 씀

모토지로에게

나가사와 모토지로식 리조또, 나도 해봤어.
그냥 하는 소리가 아니라 진짜로 맛있던데?
근데 리조또라기보다 서양식 죽 같았어, 후후.
요리를 하기 전에 그 요리의 완성된 상태를 상상하라는 충고에 모토의 천재성을 언뜻 엿본 듯한 느낌.
조개류를 넉넉히 넣으면 더 맛있을 것 같다는 아이디어가 다 먹은 뒤에야 떠오른 리리카였습니다.
bye. 5월 27일. 엽서라 미안.

리리카

안녕, 모토?

잘 지내? 나가사와 모토지로식 리조또, 개인적으로 상당히 히트를 치는 중이야.

요즘에 모토가 보내준 편지들을 다시 읽어봤는데, 이십여 일 전에 보내준 편지에서 모토가 말했던 '사랑을 해라, 거리로 나가라'라는 메시지, 정말 마음에 오래 남아 있어. 항상 그 말이 머릿속에서 떠나지 않아.

기바 씨와의 일, 분명 크게 실망하고 다시는 답장도 안 해줄 거라고 각오했었는데 도리어 진심으로 걱정해줘서 너무 고마웠어. 진심이 담긴 사랑을 하라, 그게 무엇보다 중요하다는 건 알지만…….

기바 씨와 만나면서도 정말 내 마음은 전혀 설레지 않았어. 마음이 설레거나 두근거리지 않는 건 사랑도 연애도 아니라는 모토의 말은 정말 맞는 말이야. 틀림없이 맞는 말이야. 나도 그렇다고 생각해.

…… 결론부터 말하자면 기바 씨에게 너무 깊이 빠져서는 안 된다는 모토의 충고를 나는 제대로 지키지 못했어. 어제도 또 호텔에 따라가고 말았으니까. 기바 씨가 아침에 가즈를 내게 안겨주면서 저녁에 시간 있느냐고 슬쩍 묻는데 나도 모르게 고개를 끄덕여버렸어. 일이 끝날 무렵에 휴대폰으로 연락이 왔어. 시부야로 좀 나오겠느냐구.

　일하는 동안 내내 모토의 충고가 머릿속을 스쳤는데, 휴대폰으로 들려오는 기바 씨의 목소리를 듣자마자 어디론가 다 사라져버렸어. 다시 한번 아버지처럼 다정하게 안아줄 거라는 상상을 하니까 머리보다 몸이 먼저 움직이더라.

　나를 안으면서 기바 씨는 분명 값싼 여자라고 생각했겠지. 그러나 그에게 안겨 있는 동안 나는 마음을 꽉 닫고 어서 일이 끝나기만을 기다렸어. 그 다음에 다가올 안도감을 얻어보려고, 한번도 느껴본 적이 없는 아버지의 향기를 그에게서 필사적으로 맡아보려고 말이야.

　살과 살을 맞대고 그의 가슴에서 풍기는 냄새를 맡았어. 기바 씨에게는 들리지 않도록 마음속으로 수없이 아버지, 아버지라고 불렀어. 그렇게 부를 때마다 뭔가 허탈한 마음에 눈물이 쏟아질 것 같았어. 그러나 그건 마음이 설렌 게 아니야. 그저 감정이 격해졌을 때의 느낌이지. 상대는 꼭 기바 씨가 아니어도 되는 거야. 그저 남자의 넓은 가슴만 있으면 좋은…….

기바 씨의 품에 안긴 채 내 다리는 어린아이처럼 별 의미도 없이 멋대로 허공을 버둥거렸어. 두 팔은 기바 씨의 몸에 철썩 들러붙어 떨어지려고 하지 않았고. 좀더, 좀더 그렇게 어리광을 부려보고 싶었어. 실컷 어리광을 부리며 매달려 있고 싶었어. 기바 씨가 그런 내게 왜 그러느냐고 묻는데 나도 모르게 "아버지는 왜 나를 버렸어? …… 리리카는 필요 없는 아이였어?"라는 말이 터져나오더라.

나도 내가 무슨 말을 하는지 잘 몰랐어. 기바 씨도 깜짝 놀랐는지 "응?"이라고 되묻다가 내가 혼란스러워한다는 걸 깨닫고 다정하게 안아줬어. 나는 더욱더 기바 씨의 가슴에 얼굴을 파묻고 다리를 정신없이 버둥거리며 한껏 떼를 쓰는 어린아이로 돌아갔어. 마치 어린이집의 아기들처럼 굴었던 리리카. 역시 좋은가 봐, 그 순간이. 너무 행복한걸. 행복이 어떤 건지 지금껏 몰랐으니까. 그가 그렇게 안아주는 순간이 너무 좋아서 가슴이 터질 것만 같았어. 이건 행복이 아냐, 신기루야, 환상 같은 거야…… 나 자신에게 수없이 되뇌었지만, 그래도 나 자신을 제어할 수가 없었어.

환한 거리로 나가 사랑을 하고 싶어. 그러나 내가 추구하는 것이 그런 거리에는 있을 것 같지 않아. 그런데 나는 대체 무엇을 추구하는 걸까? 기바 씨와의 관계가 앞으로 점점 더 복잡하게 뿌리를 뻗어갈 듯한 느낌이 들어서 불안해. 모토, 어쩌면 좋아? 어떻게 해야 나는 참된 행복을 얻을 수 있을까?

어떻든 우선 기바 씨에게서 벗어나야 할 것 같아. 그렇지 않으면 모토가 걱정하는 대로 나는 자꾸만 나락의 밑바닥으로 떨어지겠지. 기바 씨와의 관계가 깊어질수록 어린이집 선생님들이 나를 더 따돌리는 것 같아. 이노하라 선생님은 기바 씨와의 관계를 눈치챈 모양이구. 어느 날, 회의 도중 다른 선생님들 앞에서 나를 손가락으로 가리키며 그러더라.

"아이들 아버지를 대할 때 처신에 주의하세요."

무슨 뜻이냐고 되물었더니 어린이집에 오는 아버지들이 나를 자꾸 흘끔거린다는 소문이 났다는 거야.

"저는 모르는 일입니다, 제 탓이 아니에요"라고 대답했는데 이노하라 선생님은 입술 한쪽을 들어올리며 피식 웃더니, 오해를 받을 만한 눈빛으로 아이들 아버지를 쳐다보거나 무의식중에 그런 몸짓을 했으니까 이런 소문이 나는 게 아니냐고 쏘아붙이기까지 하더라구.

기바 씨와의 일이 있는지라 변변히 말대꾸도 하지 못했어. 요즘 나를 따돌리는 분위기가 점점 심해져서 선생님들 모두 노래방에 가거나 회식을 하는 자리에 나만 쏙 빼놓더라. 나한테만 엄청난 잡무가 돌아오기도 하고, 옷차림이 야하네, 아이의 어머니에 대한 태도가 건방지네, 주의를 받기도 하고. 심할 때는 옆을 스치면서 꼴도 보기 싫다는 욕을 슬쩍 던지기도 하고, 정말 숨막히는 나날을 보내고 있어.

기바 씨와의 문제도 있고, 아무래도 이대로 여기에서는 일을 못하겠다는 생각이 문득문득 들어. 당장 그만둘 수만 있다면 얼마나 마음이 편할까 싶기도 하고. 그러나 그리 간단하게 다른 일자리가 생길 리도 없고, 이렇게 일찍 이곳을 그만두면 다음에 취직할 때 불리할 것 같고 이래저래 어려운 문제가 산더미야.

다른 얘기인데, 어제 별빛 육아원 앞을 지나가다가 오랜만에 미하라 선생님을 만났어. 그렇게 고통스러웠던 장소였는데, 외로워지면 나도 모르게 발길이 그쪽으로 향하더라. 두 번 다시 이곳에 올 일은 없다고 좋아라 뛰쳐나온 곳이었는데 마치 고향처럼 저절로 발길이 향하곤 해. 하긴 그럴 만도 하지, 세상 물정 모를 때부터 내내 그곳에만 있었으니까. 거기말고 다른 곳에서는 한 번도 살아본 적이 없었어. 그렇게 학대를 받은 곳인데, 다들 잘 지내는지 걱정이 되기도 해서 일 주일에 한 번씩은 일부러 길을 돌아 육아원이 어떤지 살펴봐야 마음이 놓이는 건 어쩌면 지극히 당연한 일일 거야.

그날도 담 너머로 정원을 들여다보고 있었는데 뒤에서 미하라 선생님이 부르더라. 정말 반갑게 손을 맞잡아주셨지만, 나는 좀 당황했어. 육아원으로 저절로 발길이 가는 나 자신이 너무 지겨웠거든. 들렀다 가라고 억지로 잡아끄는 걸 몇 번이나 거절하면서도 마음속으로는 한번 들어가보고 싶었던가 봐. 선생님이 응접실로 데려가 차를 끓여주시더라. 다행히 원장님은 출장중이라 안 계시고, 다른 선생님들도 안 보여서 약간은 마음이 놓였지. 미하라 선생님이 지금은 어떻게 사느냐고 꼬치꼬치 물었지만 모토와 편지하는 일에 대해서는 한마디도 안했어. 역시 믿을 수 없는 사람이야. 어린이집에서 약간 따돌림을 받는다는 얘기를 한 시간 가까이 나누다 자리에서 일어섰어. 그런데 헤어지려는 참에 미하라 선생님이 갑자기 "네 아버지가 계신 곳을 알았는데, 어떻게 할래?"라는 거야. 처음에는 무슨 말인지 알아듣지도 못했어. 그런데 그것이 나의 친아버지 얘기라는 것을 깨닫자마자 갑자기 심장이 마구 뛰어서 제대로 숨도 못 쉬겠더라.

미하라 선생님은 내가 그곳에 맡겨졌을 무렵부터 근무했던 분이라 이제는 원장님말고는 유일하게 당시의 일을 기억하는 사람이기도 해. 언젠가 내 친아버지의 소식을 혹시라도 알게 되면 가르쳐달라고 부탁을 해뒀었어. 고등학교 때, 무슨 얘기 끝엔가 언뜻 부탁해뒀던 일이라 까맣게 잊고 지냈지만.

일 주일쯤 전의 일인데, 나를 육아원에 맡겼다는 사람이 미하라 선생님을 찾아왔었대. 그 사람은 내 친아버지의 먼 친척 형되는 사람인데 한때 나를 키운 적도 있었다나 봐. 지금 중병에 걸려서 만약 자기에게 무슨 일이 생기면 내가 평생 아버지를 만날 수 없을 것 같아 찾아왔다고 했대. 아버지라는 사람은 내가 태어난 직후에 두 가지 불행을 만났대. 첫째로는 경영하던 무역회사의 부도, 그리고 비슷한 때에 아내, 즉 나를 낳은 어머니가 돌아가셨대. 그래서 빚더미와 아내의 죽음이라는 거듭되는 불운 속에서 아버지는 나를 형에게 맡기고 규슈 쪽으로 은신하게 되었대. 그런데 얼마 안 돼서 그 형이라는 사람도 아내와 이혼을 하는 바람에 도저히 나를 키울 수 없었다는 거야. 여러 가지로 고민하던 끝에 나를 육아원에 맡기게 된 거지. 아버지는 그 뒤에 근근히 혼자 살 수 있을 정도는 되었지만, 막대한 빚을 안고 반은 도망치다시피 하는 생활이었기 때문에 도저히 나를 데려갈 상황이 못 되었대. 하긴 뭐 말로는 무슨 변명인들 못하겠어. 어쨌거나 나는 그 와중에 별빛 육아원의 아이가 되었는걸.

그런데 갑작스레 다가온 아버지라는 존재를 어떻게 받아들여야 좋을지 모르겠어. 아버지는 내가 사는 집에서 지하철로 두 정거장 떨어진 역 앞에서 골동품 가게를 하고 있대. 사는 집은 거기에서 도보로 십 분 정도의 거리에 있다고 하고. 새로 결혼해서 살고 있다나? 그 결혼으로 낳은 아이들(그러니까 내 여동생이

나 남동생이 되는 셈이네)과 행복하게 잘 산대. 그래서 미하라 선생님이 일단 주소를 알려주기는 하겠지만, 만나고 싶다면 중간에 사람을 보내 미리 연락을 취하고 가는 게 좋을 거래. 만약 만나볼 마음이 있다면 미하라 선생님이 기꺼이 중간에 서줄 테니까 언제라도 말하라고 하더라. 내가 불쑥 찾아가는 건 그쪽에도 나름대로 사정이 있을 것이고 마음의 준비도 필요할 테니까 되도록 삼가는 게 좋을 거라는 충고도 빠뜨리지 않았어.

그렇지만 사정이라니, 마음의 준비라니? 나는 그런 거 다 챙겨가며 살 기회조차 없었어. 아니, 그런 걸 생각할 수 있기도 전에 버려졌지. 하긴 만나고 싶은 맘도 없어. 이제 와서 만나봤자 아버지라는 실감도 들지 않을 거구.

느닷없이 내 손에 쥐어진 아버지라는 사람의 주소가 적힌 종이를 바라보며 요즘 우울한 밤을 보내고 있어. 그러나 절대로 만나러 가진 않을 거야. 그 사람, 새 가족들과 행복하게 살고 있다잖아? 그런 판에 이제 새삼스럽게 옛날 자식이 나타나서, "안녕하세요, 제가 당신 딸입니다" 해봤자 무슨 좋은 일이 있겠어? 난 그런 거 싫어.

오늘의 편지는 내가 쓰면서도 괴로웠지만, 읽고 있는 모토는 더 괴로울 거야. 미안해. 그런데 이렇게 내 마음을 다 적고 나니 한결 마음이 편안해졌어. 모토에게 나는 정말 얼마나 많은 힘을 얻는지.

 나, 있잖아. 모토의 꾸지람을 듣고 싶어. 바보에다 어리석고, 한심하기 짝이 없는 나를 마구 꾸짖어줘. 항상 징징대는 소리만 해서 미안해. 모토에게도 뭔가 괴로운 일이 있을지도 모르는데…….

 환절기니까 감기 같은 거 걸리지 않도록 몸조심해. 답장 기다릴게.

6월 1일
도오노 리리카

추신 사랑의 뒷얘기, 꼭 들려줘.

친애하는 도오노 리리카

답장이 너무 늦었지?

정말 미안해. 나도 이런저런 일이 있어서 곧바로 답장을 못했어.

꾸지람을 해달라고 했는데, 기바 씨와의 일에 대해서는 내가 잔소리를 할 입장이 아닌 것 같아. 네가 안고 있는 본질적인 문제를 내가 말로 아무리 고치려고 해도 그건 달궈진 돌에 어설프게 물을 뿌리는 격이라 별로 도움이 되지 않을 거야. 게다가 너는 자신이 하는 행위가 어리석다는 것도, 그 의미나 상황도 똑똑히 파악하고 있잖아. 그렇다면 내가 어중간한 말로 충고를 하는 건 별로 효과가 없겠지? 너는 내게 진심으로 꾸지람을 듣겠다는 마음으로 기바 씨와의 일을 내게 말했잖니? 그거면 충분해.

꾸지람을 듣고 싶어하는 마음은 잘 알겠어. 때로는 그런 것도 필요하겠지. 그러나 냉정한 비판을 받는다고 해도 근본적으로 네가 안고 있는 외로움에 서광이 비치지는 않을 거라고 생각해.

그래, 너는 이 외로움의 동굴에서 네 힘으로 빠져나오는 것밖에 다른 방법이 없어.

나는 힘내라고 말하고 싶지 않다. 힘내라는 격려의 말을 기대하고 있니? 그건 지금의 네게는 역효과야. '힘내라, 열심히 살아라'라고 격려하는 소리들만 넘치는 세상, 이제 사람들은 그런 말로는 참된 힘이 솟지 않아. 나는 도리어 이렇게 말하고 싶어.

"힘내지 않아도 괜찮아."

너무 힘을 내려고 애쓰는 바람에 네가 엉뚱한 길, 잘못된 세계로 빠져드는 것만 같아. 굳이 힘을 내지 않아도 된다고 생각하면 마음이 편해지잖니? 인간이란 실은 그렇게 힘을 내서 살 이유는 없어. 그렇게 생각하면 이상하게도 거꾸로 힘이 나지. 몹쓸 사람들은 우리에게 지나치게 부담을 주는 그런 사람들이야. 힘을 내지 않아도 좋아. 자기 속도에 맞춰 그저 한발 한발 나아가면 되는 거야.

병원 벽에 걸린 그림 얘기를 해줄까? 요즘 어머니 병간호로 자주 병원에 들락거리다 의사 선생님께 이런 이야기를 들었어. 병실에는 말야, 절대로 화려하고 달콤한 그림을 걸어서는 안 된대. 밝고 건강한 그림은 도리어 역효과가 난다는 거야. 색채나 화풍 건너편에 무언가 있을 듯한 막연한 그림이어야만 한다나? 환자가 깊이 생각에 빠져들 그런 그림. 깊이 생각에 빠지게 하는, 추상적인 메시지를 품은 그림이 아니면 환자는 사는 일에 그다지 힘을 기울이지 않는대. 듣고 보니 고개가 끄덕여지는 부분이 있었는데, 너는 어떤 것 같아?

그게 바로 생명력의 신비야, 그렇지? 아주 작은 것이라도 무언가를 시사해주는 그림이라면 환자는 거기에서 살아갈 힌트나 아주 사소한 희망의 끈이나마 찾아보려고 머리를 쓰게 되고 좀 더 앞으로 나가보려는 마음도 먹게 되는 거야. 그러니까 나는 네게 무조건 힘내라고는 하고 싶지 않아.

나 역시 너만큼 굉장한 사건이 있었어. 어디서부터 얘기를 해야 좋을지…… 내내 제대로 정리가 되지 않는 상태였다.

열흘쯤 전의 일인데, 지난번 편지에서 말했던 병원에서 알게 된 아가씨와 처음으로 데이트를 했어. 하코다테 항구 바로 곁의 레스토랑에서 함께 식사를 했지. 그리고 두 집 건너 카페에서 그녀에게 친구가 되어달라고 고백했어. 나로서는 태어나서 처음 해본 고백이야. 만약 거절당한다면 어쩌면 두 번 다시 사랑을 못 할 거라는 어두운 예감이 들 만큼 잔뜩 긴장했었어. 엄청난 도박에 임하는 심정이었다. 우선 결론부터 말할게. 내 고백은 깨끗하게 거절당하고 말았단다.

내 성격상으로는 드문 일인데, 용기를 내서 제법 끈질기게 어째서 안 되느냐고 자꾸 물어봤어. 친구도 되어줄 수 없다는 데야 사랑은 뭐, 물 건너간 얘기가 되어버리는 거잖아. 그래서 거절하는 이유를 꼭 알고 싶었어. 일단 데이트에는 응해줬잖아. 그런데 나를 만나보고 나서는 친구가 될 수 없다고 하니까 그 이유가 뭔지 꼭 알아야 했지. 그랬더니 그녀가 이렇게 말하는 거야. 자기는 어떤 병에 걸렸고 게다가 그 병이 좀체 낫기 힘든 병이라고. 만약 친구가 되어서 서로 친해지거나 사랑으로 발전해버린다면 마지막에는 내게 슬픔만 주게 될 것이고 그건 너무 미안한 일이라는 거야.

갑자기 저울에 올려진 듯한 기분이 들더라. 그녀가 말하는 마지막이라는 게 어떤 단계의 일인지 모르지만, 아무튼 나는 그 말을 도저히 받아들일 수가 없었어. 네게 답장을 늦게 보내게 된 것도 그 일로 오래 끙끙 고민을 했기 때문이야. 그 며칠 뒤에 그녀에게 정식으로 병명이 무엇인지 들었거든. 근위축성 측삭 경화증(루게릭 병, ALS)이래.

낯선 병명이라서 자세히 조사를 해봤는데, 정말 굉장히 무서운 병이더라. 근육이 점점 쇠약해지다가 결국 움직일 수 없게 되는 병이래. 발병 후에 한동안은 보통 사람처럼 생활할 수 있지만, 시간이 갈수록 점점 움직일 수 없어서 꼼짝없이 입원해야 해. 그러다 팔다리를 마음대로 움직일 수 없게 되고 목소리도 나오지 않는대. 다음에는 목을 절개하지 않으면 호흡도 제대로 하지 못하는 상태가 되고, 마지막에는 죽기만을 기다리는 수밖에 없대. 불치병으로 일컬어지고 원인도 아직 확실하게 규명되지 않은 난치병이야.

마치 영화나 텔레비전에 나오는 얘기 같아서 처음에는 그저 여우에게라도 홀린 듯한 기분이더라. 그러나 점차 그게 현실이라는 걸 깨달으면서 정말 내 일처럼 마음이 암울해졌어. 그녀가 떠안은 운명은 절망에 가까운 것, 아니 이미 절망을 지나 체념 그 자체였으니까.

나는 고민했어. 정말 많이 고민했다. 날마다 잠도 안 오고 회사도 이삼 일 결근했을 정도야. 그러나 지금은 그럭저럭 기운을 되찾아서 이렇게 네게 편지도 쓰게 되었다.

결론을 알고 싶지? 나는 며칠 밤이나 잠도 안 자고 고민을 거듭하다가 내 감정이 단순한 동정에서 나온 게 아니라는 것을 알았어. 그래서 다시 한번 그녀에게 교제를 신청했어. 이번에는 친구가 아니라 연인이 되어달라고.

역시 대답이 금세 돌아오지 않더라. 그래도 몇 번이고 내 쪽에서 연락을 해서 내 마음에 거짓이 없다는 것을 강조했어. 이건 자원봉사가 아니라 사랑이라고. 그랬더니 마침내 그녀에게서 연락이 왔어, 잘 부탁하겠다면서.

그녀의 병은 생존율이 지극히 낮아. 발병한 지 3년 이내에 대부분의 환자들이 죽어간대. 그녀의 경우에는 발병해서 이미 1년이 지난 상태니까 앞으로 우리가 함께 할 수 있는 시간은 짧을지도 몰라. 게다가 말기에 이르면 너무 여위어서 마주 보기도 안타까운 모습일 테지. 목을 절개하게 되면 서로 얘기도 할 수 없을 거야. 그런 사람을 사랑한다는 건 너무도 괴로운 일일 거라고 미리 각오는 했었는데, 이렇게 막상 교제를 시작하고 보니 현실의 벽이 너무 높아서 이따금 머리가 어지러울 지경이야. 지금 내가 하는 일이 위선이 아닌가 하는 생각에 시달릴 때도 많아.

어제 처음으로 그녀와 입맞춤을 했어. 그러나 과연 그 이상으로 진전될 수 있을까? 지금으로서는 미래에 대해 아무런 기대도 가질 수가 없어. 아니, 미래를 상상하는 것조차 두렵다. 하루하루가 무심히도 지나가버린다.

'어떻든 오늘 하루는 무사히 살았구나, 부디 내일도 만날 수 있기를!'

그렇게 하느님께 빌며 하루하루를 보내고 있어. 이 병으로 갑작스럽게 심장이 멈춰 사망하는 경우가 있다고 해서 말이야. 모든 게 너무도 갑작스럽게 밀려들어. 정말 어떻게 해야 좋을지 모르겠다. 이 모든 일이 한꺼번에 밀어닥쳐서 오늘 이렇게 절망의 한복판에 떨어지기까지 채 2주일도 걸리지 않았다는 게 정말 거짓말만 같다. 2주일 전에 너를 격려해주었던 나는 유감스럽지만 이제 이 세상에 없구나.

유일한 낙은 그녀가 명랑하다는 거야. 천성적으로 명랑한 성격이라서 정말 다행이야. 그녀는 자신의 미래가 극단적으로 한정되어 있다는 것을 알면서도 주위에 그걸 내색하거나 하지 않아. 마치 수도승과도 같은 태도로 자신의 처지를 받아들이고 있어.

그녀의 이름은 구니야 후키노. 그냥 후키라고 불러. 지금은 후키가 행복한 마지막을 보낼 수 있도록 하기 위한 생각으로 머릿속이 터질 것 같다. 너를 힘있게 격려해주지 못해 미안하다. 리리카도 나도 절대로 인생을 함부로 해서는 안 된다고 생각해. 좀더, 좀더 필사적으로 살아야 할 의무가 있어.

6월 12일
모토지로 씀

추신 너, 정말 아버지를 만날 마음이 없니? 나는 만나봐도 좋을 거라고 생각한다만, 무리하게 권하지는 못하겠다.

하지만 나는 만약 나를 낳고 버린 부모가 지금이라도 나타난다면 꼭 만나서 얘기해볼 거야. 그러지 않으면 나를 버린 부모의 심정을 끝내 알지 못하고 말 테니까. 나를 버렸을 때는 그럴 수밖에 없는 사정이 있었는지도 모르잖아. 들어보면 분명 이해할 수 있는 절박한 사정일지도 몰라. 부모가 되어보지 않으면 부모의 심정을 모른다고들 하지? 버림을 받은 우리로서는 그런 말도 화가 나지만, 그래도 조금쯤은 일리가 있는 말이라는 생각이 요즘 든다.

도저히 키울 수 없었던 사정이 무엇이었는지 네가 분명하게 이해한다면 그 다음에는 아버지를 용서할 수도 있을 거야. 사람을 미워하는 건 간단한 일이지만 이해하는 건 어려운 일이지. 너를 낳은 부모가 너를 잊어버렸을 리는 없어, 절대로. 분명 그 나름의 이유가 있었을 거라고 나는 생각하는데…….

지금 당장 만나야 할 필요는 없겠지만, 기회가 생긴다면 만나보는 것도 좋지 않을까?

안녕, 모토?

모토가 보내준 편지를 읽고 겨우 내 어리석음을 깨달았어.

나, 난치병과 싸우고 있는 구니야 후키노라는 분에게 질투를 하고 있었거든. 언제부턴지 모토를 이 세상에서 유일한 내 마음의 버팀목이라고 생각했었으니까. 후키노 씨의 간병으로 나날을 보내는 모토를 떠올리면 나 스스로도 이해할 수 없을 만큼 심한 질투감을 느끼곤 했어. 나는 얼마나 추악한 인간인지! 모토와는 절대로 만나지 않겠다는 약속을 하고 시작한 펜팔이었는데, 나는 마치 연인이 떠나버린 것처럼, 나를 두고 다른 사람에게 가버린 것처럼 큰 슬픔을 느꼈어. 죽음에 직면하여 괴로워하는 사람에게까지 질투를 한 셈이지. 모토가 그 사람을 다정하게 간병하고 있다는 생각만으로도 마음이 지옥이 되곤 했으니…….

그만큼 모토와의 편지에 내 온 마음을 기울이고 있었다는 얘기일까?

이제는 나의 어리석음을 깨달았어. 모토에게 연인이 생겼다는 것을 인정해줄 만큼 다시 나 자신을 추슬렀어. 함께 기뻐해줄 수 있을 만큼. 아, 진짜 이상한 얘기다. 질투라는 거 정말 꼴사납지? 불치병으로 허덕이는 사람에게까지 질투를 하다니, 정말 한심하네.

그래서 이번 장마철 내내 나도 날씨처럼 축축하게 젖어 지냈어. 그러나 그렇게 마냥 젖어 지낼 수도 없고 내 답답함을 떨쳐내기 위해서는 생활을 획기적으로 바꿔야 한다는 생각을 했지. 관계가 질질 이어지던 기바 씨와 헤어지기로 드디어 결심을 했어. 근데 헤어지자는 얘기를 꺼내자마자 기바 씨의 태도가 확 바뀌더라. 지난 주말에 내 뜻을 전했는데, 그 다음날부터 자꾸 전화를 해대는 통에 휴대폰을 꺼뒀어. 그랬더니 이번에는 길에서 기다리고 서 있는 거야. 아직 밖이 환한 시간인데도 집 앞에 버티고 서 있어서 정말 깜짝 놀랐어. 회사는 어떻게 했느냐고 물었더니 그런 건 상관없다고 소리를 지르더라. 눈빛이 달라지고 어딘지 정상이 아니었어. 평소에는 온화한 사람이었는데, 표변이라는 말을 이런 때 쓰는 거구나 싶어서 정말 무서웠어.

"나는 너를 사랑한단 말야!"

기바 씨는 사람들이 듣건 말건 소리를 질렀어. 나는 이대로 육체관계만 이어지는 건 안 좋으니까 한번 시간을 가지고 서로 충분히 생각해볼 필요가 있다고 대답했지. 그랬더니 이번에는 벌켁 화를 내면서 가정을 버려도 괜찮다고 고함을 치는 거야. 정말 그런 사람인 줄은 몰랐어. 좀더 어른스럽고 이성적인 사람인 줄 알았는데…… 그러나 그저 놀라는 것만으로는 끝나지 않을 것 같아. 간신히 그 사람을 떼어놓고 집으로 뛰어 들어갔는데, 그는 문 앞에까지 와서 계속 문을 두드렸어. 아무래도 곱게 끝날 것 같지 않아, 무서워. 가족을 버리다니, 그게 대체 무슨 얘기인 지…… 문 두드리는 소리를 등뒤로 고스란히 들으면서 방 안에서 머리를 감싸고 주저앉아 있었어. 밤새 그 일 때문에 고민하느라 한숨도 못 자고. 가족을 버리다니, 그게 말이 되는 소리야?

나는 그 사람의 가정을 파괴하기 위해 그 사람을 만난 게 아니었어. 그저 약간의 온기가 필요했을 뿐인데…… 그 이상의 것은 결코 원하지 않았어. 그건 그 사람도 알고 있을 거라고 생각했어. 그가 내 예상보다 훨씬 어린애 같은 사람이라는 게 너무나 뜻밖이었어. 모토의 염려대로 정말 큰일이 벌어지고 만 거야. 이제 정말 어째야 좋을지 모르겠어. 이건 전부 내가 저지른 죄에 대한 벌이야. 그래, 천벌.

그렇지만 세상이란 정말 불공평해. 부모가 없는 내가 아주 조금만 부모의 온기를 느껴보려고 했을 뿐인데, 그게 공교롭게도 남의 것이었던 탓에 이런 천벌을 받고 있어. 그러나 나도 나쁘지만 나를 유혹했던 상대방도 나빠. 게다가 그의 부인도 그래, 남편이 그런 마음을 품게 하는 건 뭔가 문제가 있다는 거잖아. 무조건 나만 나쁘다고는 할 수 없다구. 그런데도 나만 벌을 받는 건 대체 왜지? 하느님은 정말 너무나 불공평한 분이야.

하느님도 부처님도 없다는 말, 신은 없다는 말, 내게는 차라리 격려의 말이라구. 신 같은 것에 의지하며 사는 사람은 되고 싶지 않아. 나는 하느님이 없어도, 부처님이 없어도 얼마든지 살 수 있어. 천벌 같은 거 하나도 무섭지 않아. 나도 아버지의 온기를 맛볼 권리는 있지 않아? 살아 있는 인간인 이상 나도 행복의 기척을 느끼고 싶다고. 아무것도 무섭지 않아, 지옥에 떨어져도 괜찮아.

어제 일요일이라서 일을 끝내고 스에아키 선생님과 밥을 먹으며 술을 조금 마셨는데 그 술기운 때문이었는지, 아니면 모토가 만나보라고 했던 게 생각나서였는지(모토 탓을 해서 미안해) 드디어 우메가오카에 있는 그 사람(아버지라고는 하고 싶지 않아) 집, 슬쩍 보러 갔다왔어. 하네기 공원에서 도보로 십여 분 거리의 한적한 주택가에 그 사람이 가족과 함께 산다는 집이 있었어. 그런데, 정말 어이가 없을 정도로 집이 아담하더라. 그런 아늑한 분위기의 집이리라고는 꿈에도 생각하지 못했어. 집 건물이 그리 큰 건 아니었지만 붉은 벽돌에다 벽난로까지 달고 사는지 지붕으로는 굴뚝이 뾰족이 솟았고 게다가 번듯한 정원에는 집 모양새와 똑같이 아담한 개집까지 놓여 있더라. 담 너머로 집 안을 살펴보니 거실에 불이 켜 있고 사람 그림자가 어른거렸어. 오순도순 사는 가족이란 게 저런 거라는 건 금세 알아보겠는데 얄찍한 커튼에 가려 얼굴까지는 보이지 않았어. 가슴이 너무 두근거려서 이러다 터지지나 않을지 걱정스러울 정도였지. 정말 긴장했었어. 한참 그러고 있는데 학생인 듯한 어린 사내애가 커튼을 걷고 창문을 열었어. 그 순간 일가족의 얼굴이 또렷하게 보였지. 개가 짖어댔고 사내애가 밖으로 나와 개에게 먹이를 주고, 그 뒤를 따라 사내애의 누나인지 고등학생으로 보이는 여자애가 나왔는데, 집 안에 대고 "아빠, 검둥이가 밖에 나가고 싶은가 봐"라고 소리치더라. 그애가 큰 소리로 부르는 그 아빠라는 소리에 이번에는 정말 내 심장이 딱 멎을 뻔했어. 그러자 잠시 뒤에 안에서 갈색으로 그을린 얼굴에 몸집이 큰 중년 남자가 쓰윽 나타났고, 그 곁에 아내인 듯한 여자도 따라나와 사내애와 여고생을 따뜻한 눈으로 바라보데. 그 남자는 살집이 좋은 몸집에 얼굴에는 환히 웃음을 담고 있었어. 저 사람이 나를 낳아 내다버린 아버지란 말인가, 그런 생각이 들었어. 저런 얼굴이었구나. 내 눈은 못 박힌 듯 그 사람의 얼굴에서 좀체 뗄 수 없었어. 내가 줄곧 상상해왔던, 날카로운 인상일 것이라는 느낌은 전혀 없었어. 눈 가장자리에 다정한 주름이 져 있더라. 고생에 찌든 흔적이라고는 눈

곱만큼도 느껴지지 않는 느긋한 웃음은 너무도 태연자약하고…….

"그래? 그럼 잠깐 나갔다 오지 뭐."

그 사람은 만면에 다정한 미소를 지으며 그렇게 말하더라. 내 심장은 내내 분명 딱 멈춰 있었을 거야. 눈 한 번 깜빡이지 않았고 숨조차 쉴 수 없었고, 피의 흐름까지 멈춰버렸어. 산 채로 조각상이 된 것처럼 경직된 상태. 어떻게 당신이라는 인간이 그런 표정을 지을 수 있지? 어떻게 당신 같은 인간이 그렇게 다정한 표정을 지을 수가 있어?

다음 순간 혈관의 피란 피가 일제히 끓어올랐어. 거친 분노가 내 몸 속을 마구 헤집고 돌아다녔지. 예전에 한 번도 느껴본 적이 없는 분노, 어느 누구에게도 분출시킬 수 없어 내내 마음속에 담아두기만 했던 분노, 그게 한꺼번에 끓어올라 온몸의 땀샘을 통해 한꺼번에 쏟아져나오는 것만 같았어.

그 사람이 개를 데리고 집을 나서는 순간, 솟구치는 분노 때문에 그 담 옆에서 꼼짝도 할 수가 없었어. 내가 그때 대체 무슨 짓을 하려고 했던 것일까? 갑자기 그 사람 앞으로 달려나가 냅다 따귀를 때릴 수도 있었을 거야. 그러나 그것조차 할 수 없었지, 분노로 몸이 돌처럼 굳어서.

개를 앞세우고 대문을 나서던 사내애와 여자애가 나를 먼저 알아봤고, 그 다음에 그 사람이 어둠 속에 우뚝 서 있는 내가 이상했던지 무슨 일이냐고 묻더라. 나는 물끄러미 그 사람의 얼굴을 쳐다보다, 우메가오카 역에 가려는데 길을 잃은 것 같다고 했어. 그게 내가 가까스로 둘러댈 수 있는 말이었지.

그 사람은 그럼 도중까지 데려다준다고 했고 아이들은 천진하게, 정말 천진하게 자기들이 길을 안내해주겠다고 서로 나서더라. 그애들이 그 사람의 자식이라면 내 여동생과 남동생인 셈이겠지. 역까지 가는 동안 내내 구역질을 참느라 나 혼자 식은땀을 흘려야 했어. 그들의 다정한 뒷모습을 보면서 나 자신이 비참해서, 정말 비참해서 견딜 수 없었어.

저 사람들은 저렇게 행복한데 나는 어째서 이렇게 비참한 기분을 맛봐야 하는 건지, 이게 하느님이 하는 짓이라면 나는 무엇을 믿고 무엇을 의지하며 살아가야 하는 건지…… 분해서, 너무 분해서 앞이 잘 보이지 않을 지경이었어.

하네기 공원으로 갈라지는 길에서 그들과 헤어져 역으로 향하면서 나는 볼을 타고 쉼 없이 흐르는 눈물을 몇 번이고 훔쳐내지 않으면 안 되었어. 내 작은 폐는 마구 헐떡거리고 제대로 숨이 쉬어지지 않았어. 뒤를 돌아보니 공원 언덕길에 개와 어울려 노는 그들의 다정한 모습이 있더라. 애초에 나라는 인간은 그곳에 낄 자리가 없다는 부조리를 그저 한없이 저주하는 수밖에 없었지.

　모토…… 모토, 모토만은 내 이런 마음을 알아주겠지? 같은 처지로 살아온 모토는 내 이런 슬픔을 알아주겠지? 행복하다니, 절대로 용서할 수 없어. 행복이라는 이름이 붙는 것은 무엇이건 전부 다 용서할 수 없어. 나는 한 번도 행복하지 않았으니까. 그 사람들의 행복이 증오스러웠어.

　어째서 그 사람은 그렇게 웃으며 살아갈 수 있는 걸까?

6월 20일
리리카

　추신　모토와 후키노의 사랑, 내 어눌한 말로는 제대로 표현할 수 없지만, 아무튼 한정된 시간의 압력에 지지 않을 만큼 멋진 사랑이 되기를, 또한 서로의 마음이 단단히 맺어져 영원히 잊을 수 없는 행복한 한때를 보내길 바래.

　오늘 가즈가 연락도 없이 어린이집을 결석했어. 자꾸만 마음에 걸려. 안 좋은 예감이 들어서. 아무 일도 없으면 좋으련만.

나가사와 모토지로에게

7월 들어 무더운 날이 이어지고 있어. 모토, 잘 지내?

답장이 오지 않아 걱정하고 있어. 내가 너무 지나치게 솔직한 얘기들을 써보내서 모토를 정신 사납게 한 건 아닌지, 불안한 나날이 이어져. 혹시 후키노 씨 일로 뭔가 슬픈 일이 일어난 거야? 항상 하던 대로라면 벌써 답장이 몇 번은 왔을 만큼 시일이 지났는데.

지난번 편지에 내가 너무 지나친 말을 했나 싶어 요즘 너무 불안해서 견딜 수가 없어. 아니, 분명 그럴 거야. 정말 너무나 한심한 얘기, 기바 씨와의 엉망진창의 관계에 대해 너무 말을 많이 했다고 반성하고 있어. 아무리 진실만을 나누기로 한 사이라고 해도 거기에도 정도가 있는 건데. 그런 범위를 벗어나 모토에게 너무 부담스러운 얘기들을 했나 봐. 정말 바보였어, 미안해.

게다가 후키노 씨를 질투했던 것도 원인이 아닌지 고민이야. 이것저것 마음에 걸려 잠도 제대로 오지 않아. 어떤 내용이든 괜찮으니까, 답장해줘. 펜팔을 그만두겠다는 내용이라도 괜찮아. 모토가 그런 결정을 내린다 해도 나는 달게 받을 생각이야. 모두 내 삐뚤어진 삶에 문제가 있었던 거니까, 모토에게 지나치게 매달렸던 내가 잘못이니까.

그렇지만 이대로 답장 한 장도 없는 것만은 너무 힘들다구.

부탁이야. 꼭 답장해줘.

7월 8일

리리카

PS 가즈는 그 뒤에도 계속 어린이집에 나오지 않았어. 기바 씨의 스토커 행위도 계속 이어졌구. 그러다 결국 어제 원장실에 불려갔어. 기바 씨의 부인이 항의 전화를 해왔대. 기바 씨가 잠꼬대로 내 이름을 불렀다는 거야. 그로 인해 부부 싸움을 하게 되었고 기바 씨가 부인을 때렸대. 그 다음날로 부인은 가즈를 데리고 후쿠오카의 친정으로 가버렸다나 봐. 가즈가 어린이집에 나오지 못한 게 나 때문이라는 걸 알고 더욱 괴로운 나날을 보내고 있어. 기바 씨가 어서 정신을 차렸으면 좋으련만. 그는 아직도 하루 걸러 한 번씩 찾아와 결혼까지 하자고 해.

나를 도와줘.

나가사와 모토지로에게

안녕, 모토?

도쿄는 엄청 더워. 그래도 어린이집에는 여름방학이 없어. 8월 15일경에 며칠 쉬긴 하지만, 어린이집은 유치원과 달라서 일반 회사의 스케줄하고 똑같이 짜여지거든. 맞벌이하는 부모님들이 일하는 동안 아이를 맡아주는 곳이니까.

오늘 아침에 어린이집 앞 정원에 물을 줬는데 너무 기분 좋았어. 호스에서 뿜어져나오는 물줄기 끝에 깨끗한, 정말 깨끗한 무지개가 생겼거든. 아이들이 그걸 보고는 꺄악꺄악 소리를 지르며 좋아했지. 여름은 역시 아침녘이 상쾌하다니까.

가즈는 아직도 어린이집에 나오지 않아. 그 아이의 신발장이 텅 빈 걸 볼 때마다 가슴이 아파. 내가 저지른 죄가 얼마나 무거운 것인지 절실하게 깨닫게 돼. 하루 빨리 그 아이를 도쿄에 돌아오게 하려면 내가 이곳을 그만두는 수밖에 없을 것 같아.

(여기까지는 어제 쓴 거야. 편지를 한 번에 쓰지 못해 하룻밤

을 묵혔지 뭐야.)

 오늘 원장실에 또 불려갔어. 마귀할멈 같은 이노하라 선생님이 원장님 곁에 버티고 앉아 있고, 그앞에는 가즈의 어머니, 즉 기바 씨의 부인이 앉아 있더라. 체온이 3도쯤 뚝 떨어지는 것 같았지. 정말 고통스러운 시간이었어. 이노하라 선생님에게 무섭게 꾸지람을 들었어. 나는 내내 그런 적이 없노라고 부정하면서도 기바 씨의 부인이 우는 모습에 가슴이 미어지는 것 같았어. 그래서 저녁에 기바 씨를 가까운 공원으로 불러내 어린이집을 그만둘 거라고 말해줬어. 그런데도 기바 씨는 여전히 흥분한 기색으로, 너 아니면 안 된다고만 하는 거야. 다른 도시에서 둘이 힘을 합쳐 처음부터 다시 살자더라. 정말 힘겨운 대화였어. 그러나 내가 한 일에 대한 책임은 져야겠지? 역시 어린이집을 그만두는 수밖에 없겠어.

 모토에게서 답장이 오지 않은 지 벌써 한 달이나 지났네. 잘 지내? 모토가 답장을 해주지 않아도 한동안 이렇게 계속 편지를 쓸래. 모토의 답장을 받지 못해도 이렇게 내 마음을 털어놓는 것만으로도 조금은 마음이 편해지거든. 내 맘대로 이런 결정을 내려서 미안.

 여름 더위에 지지 말고 건강하게 지내. 한여름 관광철이라 케이블카 일이 바빠서 답장을 못하는 거라고, 애써 그렇게 생각하고 있는 중이야.
  그럼 이만.

7월 18일

도오노 리리카

수다쟁이 구관조

우와아아!! 엄청나. 정말 기막히게 아름다운 바다. 너무 아름다워. 에메랄드그린의 바다는 정말 처음이야. 굉장해. 정말 멋있어. 살아 있다는 게 너무 고마울 지경이야.

안녕, 모토?

어린이집을 그만뒀어.

정말 많이 고민했어. 그렇지만 그것밖에는 다른 방법이 없는 것 같아서. 그리고 기바 씨도 이제야 겨우 내 결심이 얼마나 강한지 깨달은 모양이야. 마지막으로 보았을 때 너무 여위어서 예전의 아버지 같던 듬직한 가슴도 어깨도 막대기처럼 변해 있더라.

스에아키 선생님에게 연락을 받았는데 가즈가 다시 어린이집에 나오게 되었대. 일단 이걸로 일이 잘 마무리되었다 싶어 안도의 한숨을 내쉬는 참이야. 직장을 잃었으니 먹고 살기가 막막해져서 밤에 하는 아르바이트를 시작했어. 아무리 돈이 없어도 그런 아르바이트만은 절대로 발을 들이지 않을 결심이었는데, 뱃가죽이 등에 붙을 지경이 되니 나도 어쩔 수가 없더라. 돈은 바닥이 났고 기댈 사람도 없고, 내 살 길은 어떻게든 내 힘으로 꾸려나가야 하는 처지인지라. 죽도록 싫었지만 말야.

아니, 그렇다고 사창가 같은 데는 아니야. 그냥 평범한 클럽,

돈 많은 아저씨들하고 함께 술을 마시는 일(나름대로 건전해)이야. 이따금 몸을 더듬는 사람도 있지만 꾹 참으며 일 주일에 나흘 정도 나가. 내 처지가 비참하긴 하지만, 내 마음만 팔지 않으면 된다고 생각해가면서. 어린이집 일자리가 나올 때까지만, 아주 잠깐만 하는 거라는 위안으로 견디고 있어. '참자, 참자, 참는 거야' 라면서.

다시 어린이집에서 일하고 싶어. 날마다 직업안내소에 들러서 아이들과 함께 지낼 만한 직장이 나오면 연락해달라고 사정하고 있어. 놀이방이나 기업 내의 보육 시설 같은 데 말야.

모토는 어떻게 지내? 건강하게 잘 지내는지 걱정이 돼.

부디 무리하지 말고 좋은 나날을 보내기를…….

8월 7일
리리카

도오노 리리카에게

미안해. 너무 오랫동안 편지를 하지 못했다.

벌써 두 달이 넘게 소식도 못 전했구나. 네가 보내준 편지를 빠짐없이 읽기는 읽었는데 복잡한 사정이 있어서 그게 좀 정리될 때까지 도무지 글을 쓸 수가 없었어.

답장에 이렇게 시간이 걸린 건, 후키의 건강이 갑자기 악화되었고(그래, 교제를 시작하자마자) 그 때문에 그녀가 몹시 침울해서 줄곧 곁에서 간호를 해주느라고 그랬어. 다리 근육이 급작스럽게 쇠약 증세를 보이더니 제대로 걷지도 못하게 되어 급하게 입원을 했어. 막상 침대에서 일어날 수 없게 되니까(아마 이런 상태가 마지막까지 이어질 거야) 후키의 정신적인 충격은 엄청난가 봐. 자기 뜻대로 자기 몸을 움직일 수 없는 현실에 직면해서 그녀는 비로소 죽음이 얼마나 무서운 것인지 깨달은 것 같아.

후키의 병은 정말 끔찍해. 죽음이 육체의 끝 부분에서부터 심장을 향해 스멀스멀 조여오는 거니까. 천천히 시간을 들여 목을 졸라 죽이는 듯한 공포감일 거야. 죽음이 찾아올 때까지 그녀는 내내 죽는다는 현실을 마주하며 살아야 하니까. 육체를 서서히 잃어가는 참혹함을 낱낱이 목격하며 죽어가다니, 정말 나라면 도저히 견딜 수 없었을 거야. 그것을 견뎌내야 하는 후키의 모습이 너무 가슴 아프다.

이런 상황이 되니까 세상을 바라보는 눈이 바뀌게 되더라. 부모의 사랑을 모르고 자란 내 삶을 저주하기도 하지만, 그래도 어떻든 지금 이렇게 사지가 멀쩡하잖아? 네가 얼마나 괴로울지 나도 이해해. 그러나 너보다 훨씬 더 괴로운 사람이 있어. 자기 힘으로는 이제 어떻게도 할 수 없는 지경에서 그래도 삶을 이어가는 사람이 있어. 그 사람과 너를 비교하는 건 이상하지만, 이 세상에서 너 혼자만 괴롭다는 생각은 하지 말아줘. 나도 지금 살아 있다는 것의 존엄함을 새삼 배우는 기분이야.

요즘 나는 매일 일을 마치는 길로 병원에 가서 밤새 그녀를 간호해주며 지내. 환자란 제아무리 인격이 뛰어난 사람이라도 아이처럼 응석을 부리게 마련인가 봐. 약속 시간에 단 5분이라도 늦으면 아주 난리가 나. 왜 이렇게 늦었느냐고 막 화를 내는 거야. 내가 보기에는 기껏해야 5분인데, 후키한테는 하루 종일 기다리던 상황이니까 단 5분이라도 24시간을 기다린 것처럼 느껴지는 모양이야. 그래서 회사 일이 끝나면 항상 하코다테 언덕길을 구르듯이 내달려서 병원으로 가. 하코다테 항에 정박해 있는 선박이며 저 멀리 우뚝 솟은 아름다운 산봉우리를 바라보며 전속력으로 달려가지. 나만 이렇게 건강한 게 너무 미안하다는 생각을 하면서 최대한 열심히, 팔을 마구 내두르며 달려가.

사람을 사랑한다는 건 정말 힘든 일이더라. 태어나 처음으로 누군가를 사랑해보고서야 깨달았어. 내가 아닌 상대방의 입장에서 뭔가를 생각해본다는 게 얼마나 어려운 일인지도 깨달았어. 그러나 문득 우리 사랑에 기한이 있다는 것이 생각날 때마다 그만 정신이 아득해지곤 해. 처음으로 사랑하고, 처음으로 그 사랑이 이뤄졌는데 우리 두 사람을 갈라놓는 것이 바로 코앞에까지 다가왔다는 게 도무지 믿어지지 않아. 리리카가 말했던 것처럼 하느님도 없고, 부처님도 없다는 생각이 저절로 든다니까.

하지만 길게 사는 것만이 행복한 인생은 아닐 거야. 억지로 긍정적으로 생각하려는 말처럼 들릴지도 모르지만, 시간이란 인간이 만든 기준에 불과한 거야. 그러니까 바로 지금 이 순간을 똑똑하게 이겨내고 그것을 기억하는 게 가장 중요한 것 같아. 아마 후키에게 부여된 시간은 채 2년도 안 될 거야. 앞으로 1년이나 함께 지낼 수 있을까? 아무리 생각해도 너무 짧다. 밤에도 잠이 안 와. 회사에서도 일이 손에 잡히지 않고 밥맛도 없어. 밥 잘 먹느냐고 후키가 오히려 내 걱정을 하더라. 그녀 앞에서는 되도록 웃으려고 애쓰지만, 너무나 짧은 시간을 생각하면 자꾸 눈물이 쏟아질 것 같아. 그러나 여기서 내가 울면 안 된다는 생각에 꾹꾹 참는 하루하루. 누가 이런 인생을 창조해냈을까? 대체 이 시련에는 무슨 의미가 있는 걸까? 분명 뭔가 의미는 있겠지? 이걸 극복하면 분명 하느님이나 부처님이 내게 뭔가를 전해주시려는 거겠지? 그렇게 생각하려고 애쓴다.

그나마 후키가 명랑한 성격이라 정말 다행이야. 5분만 늦어도 마구 화를 내지만, 그러나 역시 그녀는 어떤 상황에서도 희망을 잃지 않는 강한 사람이야. 마지막 순간까지 결코 인생을 포기하지 않고 열심히 살아보려고 애쓰는 모습에서 거꾸로 내가 격려를 받는다. 그녀의 입버릇은 "웃어요, 인간은 슬퍼하기 위해 태어난 게 아니니까 웃어요"라는 거야. "웃겨주세요, 나를 좀 웃겨주세요" 항상 그래. 후키의 웃음소리는 남보다 두 배는 커. 병실이 떠나가라고 웃어댄다니까. 리리카에게도 꼭 한 번 들려주고 싶을 정도다. 너무도 쾌활한 웃음소리……

죽음까지도 웃음으로 날려버리려고 하는 그녀의 명랑함 덕분에 요새 내가 그럭저럭 살고 있다. 나도 어서 빨리 그녀의 운명을 받아들이고 그 암담함을 밝게 비쳐주는 존재가 되어야겠지. 그런 생각에 잠기는 나날이야.

한여름, 하코다테의 북적거림과는 약간 동떨어진 곳에서 나는 나름대로 열심히 지내고 있다. 지금부터 또 병원에 가야 해. 이 편지를 쓰려고 5분 지각할 각오로 부지런히 썼다. 글씨가 너무 지저분하지? 용서해라. 이 생활에 조금 더 익숙해지면 또 긴 편지 쓸게. 항상 몸과 마음을 소중히 해라.

8월 15일

모토

추신 어린이집을 그만두고, 앞으로 어디로 가게 될지 걱정이구나.

아무튼 중요한 시기니까 너무 서둘러 결론을 내려고 하지 않는 게 좋겠다. 네가 하루 빨리 정상적인 일로 복귀할 수 있기를 진심으로 빌게. 지금 하는 일, 부디 조심하고 결코 자신을 포기하지 마라. 자신을 값싸게 팔아서는 안 돼. 마지막에 나를 지켜주는 건 나뿐이니까.

모토지로, 모토지로, 모토지로!

답장 고마워. 정말 반갑고 기뻤어. 진짜 좋았어.

이제 답장은 안 하려는 모양이라고 포기했었거든. 우편함에서 모토가 보내준 편지를 발견한 순간, 조금 과장하자면 아직 좀더 살아도 괜찮다는 신의 계시를 들은 기분이었어.

모토가 요즘 굉장히 힘든 시기를 보내리라는 건 나도 짐작하고 있었어. 항상 마음속 어딘가에서 분명 그래서 답장을 못할 거라고 생각했었으니까. 그런 모토에 비하면 리리카는 징징 우는 소리만 하고, 정말 못됐지? 부디 후키노 씨를 소중히 지켜줘. 답장 못하는 사정을 알았으니까 당분간 내 쪽에서만 편지를 하게 되어도 섭섭해하지 않을게. 내 숨겨진 마음을 전할 사람이 있다는 것만으로도 지금 내게는 큰 힘이 되는 걸. 모토가 그 귀중한 시간 틈틈이 내 편지를 읽어준다는 것만으로도 나는 충분히 힘이 나니까. 항상 고맙고 또 고마워.

후키노 씨의 일에 대해서는 내가 감히 뭐라고 말을 할 수가 없네. 모토와 후키노 씨처럼 절박한 상황에 대고 나처럼 미숙한 인간이 섣불리 격려의 말을 하는 것도 큰 실례일 것만 같아서. 그저 그녀에게 미안하지 않은 삶을 사는 게 내가 할 수 있는 최선의 일인 것 같아. 나 스스로 약해질 때마다 아직 본 적도 없는 후키노 씨를(그러고 보니 모토를 본 적도 없잖아. 이렇게 심리적으로 친근감을 느끼는데 본 적도 없는 사람이라니, 어쩐지 이상해), 온 힘을 다해 병마와 싸우고 있는 후키노 씨를 떠올리며 나도 힘을 내자는 생각을 하곤 해.

너무 반가워서 우선 서둘러 답례의 마음부터 띄울게. 이제 일하러 나가야 할 시간이야, 내일이라도 다시 정식으로 편지 써보낼게.

그럼 이만.

8월 18일
리리카

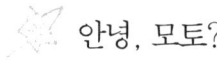 안녕, 모토?

 어제 보낸 편지의 속편이야(인사말도 없이 당장 본론으로 들어가네).

 지금 일은 솔직히 말해 너무 힘들어. 술도 잘 못 마시는 터에 아저씨들을 상대해가며 술 냄새와 담배 냄새에 찔어 있자니 정말 미칠 것 같아. 이른 아침에 어린이집 정원을 청소하던 때는 얼마나 상쾌했었던지! 담 너머로 받아 안던 아이들, 그 아이들에게서 풍기던 햇빛 냄새, 아이들과 함께 산책하던 환한 초록빛 나무들의 그 따뜻함, 아이들의 자는 얼굴과 천진한 웃음소리, 옹알거리던 말들도 잊을 수가 없어. 전부 다 잊을 수가 없어.

 어제, 손님이 무릎을 더듬는 바람에 나도 모르게 벌떡 일어섰다가 나중에 주인에게 무지하게 혼났어. 어서 빨리 어린이집 일을 구해 돌아가고 싶어. 그런데, 주말 낮 동안에만 할 일을 구했어. 어딘 줄 알아? 그 사람(아버지라는 사람)의 골동품 가게에서 아르바이트를 모집하고 있더라. 모토에게서 내내 답장이 없었잖아? 어린이집을 그만둔 뒤로 어디 상의할 데도 없는 나날이 이어지면서 내가 조금 외로웠나 봐. 그 사람을 보러 가봤자 별수 없다는 건 잘 알고 있고, 분명하게 그 사람을 증오하고 있긴 했지만 몸이 저절로 그쪽으로 가는 거야. 그냥 얼굴을 노려봐주자 하고 간 것뿐이었는데. 일터에서는 어떤 얼굴인지 그저 좀 궁금하기도 하고. 유리창 너머로 슬쩍 안을 보다 그대로 눈길이 마주치고 말았어. 당황해서 얼른 시선을 돌리는데 거기에 아르바이트 모집 광고가 붙어 있는 거야.

다행히 그 사람 쪽에서는 나를 기억하지 못했어. 지난번에 역까지 길을 알려줬을 때는 밤이었고 나는 그 사람들 뒤를 따라가기만 했으니까 당연히 기억을 못하겠지. 그래도 뭔가 짚이는 게 있었던지 전에 어디선가 만난 적이 있었느냐고 묻더라. 모르는 척 고개를 젓고는 그 사람이 내준 이력서의 빈칸만 채워나갔어. 이상하게도 모든 게 누군가 미리 준비라도 해둔 것처럼 일사천리로 척척 진행되더라구. 그 다음주부터 당장 아르바이트하러 나가게 됐으니까.

내가 맡은 일은 주로 가게를 지키는 일이야. 그 사람 혼자서 배달까지 하느라고 힘들었던 모양이야. 그때까지는 배달하러 나갈 때마다 가게문을 닫았대. 손님도 거의 없고. 그런데 그 사람과 둘이서 보내는 시간이 갑자기 너무 많아져서 숨이 턱턱 막히는 것만 같았어.

상상할 수 있어? 나를 버린 아버지 밑에서 일하는 거. 그쪽에서는 내가 친딸이라는 것도 몰라. 정말 기묘한 구도지? 도무지 상상조차 해본 적이 없는 상황.

나는 눈치 채지 못하도록 슬그머니 그 사람을 쳐다보곤 해. 골동품 가구 뒤에 숨어서 물끄러미…… 저 사람이 진짜로 내 아버지인가 싶어서 그야말로 신기한 물건이라도 바라보듯이. 처음에는 호기심이 더 강했지만 점점 분노의 감정이 싹을 틔우더니 복수의 감정으로 쑥쑥 자라서 나는 하루 온종일 한꺼번에 봇물 터지듯 터져나올 것 같은 그 감정을 필사적으로 붙들고 나 자신과 싸우곤 했어.

내가 무슨 짓을 하게 될지 몰라 조금은 무서워. 또 무슨 일인가를 저지를 것만 같아서. 아무래도 그 사람의 뒷모습을 노려보는 내 표정이 내가 느끼기에도 엄청 섬뜩한 것 같아.

자기 딸인 줄은 꿈에도 모르는 그 사람은 내게 몹시 친절하게 일을 가르쳐줘. 그것을 얌전하게 받아들이는 척하면서 나는 마음속으로 부글부글 끓어오르고 있구.

오래된 가구를 함께 닦았는데 나더러 어디서 어떻게 자랐느냐고 묻더라. 눈치 채지 못하도록 적당히 거짓말을 둘러댔지만, 아버님은 뭘 하시느냐는 질문에는 피가 한꺼번에 머리 쪽으로 쏠리는 것 같아 입이 열리지 않았어. 아무 말도 하지 않았더니, "쓸데없는 질문을 했나?"라며 내 얼굴을 가만히 들여다보고는 미안하다고 하더라. 아무튼 모든 게 화가 나. 머리가 이상해지는 것만 같고. 대체 나는 어쩌려고 그러는 걸까?

다시 편지할게. 지금 일하러 나가봐야 돼. 나를 죽이고 아무것도 생각하지 않도록 애쓰며 손님에게 술을 따르고 와야지.

8월 19일

도오노 리리카

추신 밤에 아르바이트 하는 곳에서 텔레비전 구성작가라는 사람하고 친해졌어.

나가사와 모토지로에게

늦여름의 도쿄는 밤에도 엄청 더워.

이리저리 뒤척이면서 밤새 더위와 씨름을 하지. 에어컨이 달려 있긴 한데 전기세를 당할 수가 없어 그냥 창문을 열어놓고 자기로 했어. 밤늦게 집에 돌아오면 이미 목욕탕은 문 닫은 시간이라서 물수건으로 대충 닦고 그대로 자. 담배 냄새가 몸에 배서 잘 지워지지 않는 게 짜증나긴 하지만.

아참, 그 사람 골동품 가게, 관뒀어. 빠르기도 하지? 사실은 다 합해서 나흘밖에 못 나갔어. 또다시 무지하게 괴로운 사건을 터뜨리고 말았거든. 모토에게 이런 얘기를 해도 괜찮을지 모르겠어. 하지만 말할 사람도 없고, 스에아키 선생님과도 어린이집을 그만두면서 사이가 멀어졌어. 결국 친구 하나 없이 다시 모토만 귀찮게 하네, 미안.

그 사람 가까이에 있으면서 무언가를 느끼고 싶어하는 나 자신이 가증스러워서 견딜 수 없었어. 아마 그래서 그런 일을 저질렀을 거야.

 그 사람이 몹시 소중한 듯 새장 하나를 안고 돌아왔을 때, 나는 그야말로 폭발 직전의 상태에 이르렀어. 이웃에 사는 중국대사관 직원에게 선물로 받았다는 중국 청나라 시대의 새장을 그야말로 소중한 보물처럼 품에 안고 들어서는 그 사람을 더이상 참아줄 수가 없었어.

 "이것 좀 봐라. 이게 백이십 년 된 새장이야. 여기를 좀 봐, 나무 단단한 거 하며, 디자인하며 정말 굉장하지? 이게 내 손에 그냥 굴러 들어왔구나. 역시 남한테는 친절하게 하고 볼일이다."

 뭐가 그리도 좋은지 그 사람은 싱글벙글 웃음이 그치지 않았어. 제 자식보다 더 소중하다는 듯 품에 안고 있는 그 새장에 나는 엄청난 질투심을 느꼈어.

 어떻게 그런 표정을 지을 수 있는지 그 사람의 미소를 보며 나는 분노로 파들파들 떨렸어. 내가 어떤 심정으로 혼자 외롭게 살아왔는지 알기나 하느냐구. 내가 얼마나 괴로운 어린 시절을 보냈는지 당신은 절대로 모를 거라고 마음속으로 부르짖었어.

 '새장 따위 뭐가 그렇게 중요해? 제 딸보다 새장이 더 중요해?'

 나는 "새장 속의 새는 어디로 갔을까요?"라고 물어봤어. 그 사람이 "응?"이라며 나를 돌아보더라.

"새장 속의 새라구? 글쎄, 죽었겠지, 아니면 어딘가 날아갔거나."

내 질문에 적당히 대답하는 그 사람을 또다시 용서할 수가 없었다니까. 그래서 그 사람이 새장을 내려놓고 돌아선 틈에 그걸 잽싸게 낚아채서 높이 치켜올렸어, 발작과도 같은 분노의 힘으로. 그 사람은 내 기척을 깨닫고 돌아보자마자 얼굴이 무섭게 굳었어. 나는 그때의 순간순간이 지금도 눈에 또렷하게 남아 있어. 그 사람이 본성을 내보인 그 순간의 공기의 흐름까지 다 기억나. 나는 높이 쳐들었던 새장을 있는 힘껏 바닥에 내동댕이쳤어. 둔탁한 소리가 났고, 다음 순간 무슨 짓이냐며 그 사람이 나를 밀쳐냈지. 나는 그대로 뒤에 있던 골동품 소파에 쓰러졌어. 새장은 보기 좋게 부서지고, 새장이라는 것조차 알아볼 수 없을 만큼 납작하게 찌그러졌어. 흩어진 부품들을 정신없이 줍는 그 사람을 고소한 마음으로 지켜봤어. 바닥을 기어다니는 모습에서 그의 본성을 본 듯했어.

그 사람은 잠시 나를 노려보더라. 그리고는 상기된 얼굴로 벌떡 일어서더니 무슨 짓이냐고 소리까지 질렀어. 나는 작은 소리로 "아버지"라고 해봤어. 알아듣지 못한 걸까? 왜 이런 짓을 하느냐고 다시 한번 소리를 지르더라. 당장이라도 때리려고 덤빌 것처럼 붉어진 얼굴로.

나는 다시 한번 "아버지, 그런 게 무슨 상관이에요, 새장 한두 개쯤 아무려면 어때요?"라고 중얼거렸어. 순간 그 사람의 표정이 딱 굳더니 마치 기억의 우물 속을 필사적으로 들여다보는 표정으로 변하더라. 한참 후에야 미간에 무수하게 주름이 잡혔어. 뭔가 생각이 난 모양이지?

"아버지, 그런 게 다 뭐예요, 그까짓 새장쯤."

그렇게 또렷하게 말해주고 그 사람을 노려봤어. 그 사람은 이내 입술이 부들부들 떨리더니 눈을 둥그렇게 뜨고는 "너, 너!"라고 외마디 소리를 신음처럼 부르짖었어. 다시 한번 "너, 너는……"이라고 하더니 그대로 입이 붙어버린 모양이야. 나는 온몸의 땀샘이 다 막혀버렸는지 숨쉬기가 힘들어서 나도 모르게 입으로 헐떡헐떡 숨을 쉬고 있었어. 자칫하면 기절이라도 할 것처럼 시야에는 온통 그 사람의 얼굴뿐이었어.

"어째서 아버지는 행복하지요? 어째서 나는 불행한 거지요? 어째서 나는 비참한 인생을 보내는 거지요? 어째서 아버지는 새 가족과 함께 행복하게 사는데, 쓰레기처럼 버림받은 나는 가난하고 비참하게 살고 있는 거지요? 내가 그토록 필요 없는 아이였던가요?"

우리는 한참 동안 서로 마주 노려봤지만, 내 심장이 가느다란 늑골을 거칠게 두들기는 바람에 더이상 참을 수가 없어서 나도 모르게 그곳을 뛰쳐나와버렸어. 그리고는 무턱대고 내달렸어. 더이상 그곳에는 있을 수가 없었으니까.

내가 그 사람에게 뭔가 굉장한 짓을 하긴 한 것 같네. 복수였을까? 버림받은 한을 풀고 싶었을까? 후회하게 해주려고? 반성하게 해주려고? 아니면 그 사람이 아직 머릿속 어딘가에서 내 존재를 기억하고 있는지 알아보고 싶었던 걸까? 뒤돌아보게 해주고 싶었던 걸까? 여기에 내가 있다고, 여기에 납작 엎드려 살고 있는 당신의 자식이 있다고 알려주고 싶었던 걸까?

또 편지할게. 간병하느라 힘들겠지만, 부디 모토도 몸조심했으면 좋겠어.

8월 30일
도오노 리리카

나가사와 모토지로에게

안녕, 모토지로?

내가 아직도 살아 있다는 게 신기할 정도의 나날이야. 어제, 가게에서 사귄 구성작가라는 사람이 함께 나가자고 하는데 따라 나서고 말았어. 지난번 편지에서 잠깐 말했던 그 사람이야. 스무 살쯤 연상인 아저씨, 온후하고 기품 있고 게다가 지적이어서 이상적인 아버지 분위기를 풍기는 사람, 정말 곱게 나이를 먹었구나 싶은 너그러움을 가진 사람, 다른 손님들처럼 천박하지 않고 항상 자연스럽고 어딘지 냉정한 눈빛을 가진 사람, 기바 씨처럼 젊지 않고 안정감 있는 사람.

덕분에 태어나서 처음으로 프랑스 식당에 가봤어. 나는 내내 육아원에서 자랐기 때문에 이런 가게에는 와본 적도 없고 매너도 전혀 모른다고 솔직하게 털어놓았더니, 도리어 자기가 미안하다는 표정으로 이런저런 식사 예절을 가르쳐주더라. 진짜 아버지처럼.

그때는 설마 그 사람과 함께 밤을 보내게 될 줄은 생각도 못했어. 아니, 그렇게 될 듯한 예감은 있었던가? 그래, 그렇게 될 만한 전조가 있기는 있었지. 우선 그 전조에 대한 얘기부터 해야겠네.

그 전날 저녁 무렵에 아버지라는 사람이 내 집에 찾아왔었어. 새장을 망가뜨리고 며칠 지난 뒤였어. 깜짝 놀랐지 뭐야. 이력서에 주소를 곧이곧대로 썼던 게 실수였어. 문 두드리는 소리에 나가보니 그 사람이 서 있더라구. 이야기를 하고 싶다고 해서 근처의 찻집으로 나갔어.

어스레한 찻집에 둘이 마주 앉았어. 할 말이 뭐가 있겠어. 그 사람은 처음부터 끝까지 미안하다는 말만 했어. 그 말밖에는 할 말이 없나 싶을 정도로 계속 사죄만 했어. 나는 그 사람의 숙인 머리를 향해 괴로웠던 날들의 기억을 모조리 다 얘기해줬어. 별빛 육아원에서 받은 학대며, 아무도 믿지 못한 채 살아왔던 반생, 사랑이니 행복이니 하는 것을 저주하는 내 성격에 대해. 그리고 어떻게 혼자만 편안하게 살 수 있었느냐, 어떻게 혼자서만 새 가정의 행복을 누리며 살 수 있었느냐고 무섭게 다그쳤지. 어째서 나를 데리러 오지 않았냐고 물었더니 그 사람이 결국 눈물을 보였어. 그 사람은 그 질문에는 제대로 대답을 하지 않았어. 나는 역시 그 사람에게 귀찮은 존재였나 봐.

수다쟁이 구관조

그런 주제에 너를 한시도 잊은 적이 없다, 남은 평생을 다해서라도 그간 못해준 것들을 해주마 하고 울면서 나를 달래더라. 위선자! 입으로는 무슨 말인들 못하겠어? 자식의 인생을 함부로 내팽개친 죄는 어떻게도 갚을 수 없어. 어떤 변명도 보상도 이제는 너무 때늦은 얘기니까. 그 사람이 눈물을 보여도 동정심이 들기보다는 내 인생을 엉망으로 만들었다는 증오가 훨씬 더 강했어.

그렇게도 보상을 해주고 싶다면 지금 당장 죽어달라고 했어. 딸의 인생을 이렇게 망쳐놓았으니 죽음으로 보상해달라고 했어. 내가 맛본 슬픔을 당신 가족에게도 맛보게 해주고 싶다고도 하고. 그랬더니 그 사람은 한층 더 고개를 숙이고 엉엉 울더라. 그런데 그 우는 소리조차 나는 참을 수가 없었어. 울어서 될 일이라면 법은 무슨 필요고 경찰은 무슨 필요겠어?

나는 다른 손님들이 다 보는 앞에서 식은 커피를 그 사람의 머리에 끼얹었어. 다음에는 내 오렌지 주스를, 그 다음에는 설탕과 소스까지 전부 그 머리에 부어버렸어. 그 사람은 내내 고개를 숙인 채 그걸 다 받더라. 주위의 손님들이 입을 떡 벌리며 쳐다보고 있었어. 웨이터도 어떻게 해야 좋을지 모르겠는지 그냥 선 채로 입만 벌리고 우리를 쳐다보고 있었어. 그 사람의 어깨가 앞뒤로 크게 흔들렸어.

"울어요, 울어, 더 울어요. 당신이 저지른 죄의 무게를 알 때까지 실컷 울어요."

그렇게 쏘아붙이고 자리에서 일어났어.

구성작가라는 손님이 밖에 나가자고 한 게 그 다음날이었어. 천길 물 속에서 허우적거리는 심정이었던 나는 지푸라기에 매달리는 마음으로 냉큼 그러자고 했지. 보통 때였다면 거절했겠지만, 아니, 그것도 잘 모르겠어. 얼마 전에 내 휴대폰 번호까지 알려줬던 걸 보면 처음 만났을 때부터 그 구성작가에게 울며 매달리고 싶었는지도 모르겠어. 친구도 없고 가족도 없는 나. 이 세상에 누구라도 내게 다정하게 대해주는 사람이 있었으면 하는 마음이 분명 있었을 거야. 그런 마음이 있었다 한들 나쁠 거 없잖아? 괜찮아. 내 인생인걸, 뭐. 그냥 내 맘대로 살래.

프랑스 요리를 먹고는 호텔 꼭대기의 라운지에서 술을 마셨어. 평소에는 술을 못 마시던 내가 어제는 권하는 대로 다 마셨다니까. 취기가 온몸에 퍼지고 세상이 혼곤하게 풀리면서 자꾸 눈이 감기더라. 구성작가가 계산대에서 지갑을 꺼내는 순간 사진 한 장이 팔랑팔랑 춤을 추며 떨어졌어. 허리를 굽혀 집어들고 보니 가족 사진이더라. 딸과 아내, 셋이서 다정하게 찍은 사진. 구성작가는 초등학생 딸아이의 뺨에 자기 볼을 대고 있었어. 정말 부러웠어. 아버지가 볼을 비벼주는 그 소녀가 너무 부러웠어.

구성작가가 사진을 낚아채듯 빼내더니 남에게 보여주기 싫은 귀한 물건이라는 듯이 잽싸게 다시 호주머니에 넣더라. 그 순간, 나는 그 사람의 내부에 자리잡은 부성의 향기를 맡고 싶었어, 간절하게.

호텔 엘리베이터 홀에서 그가 뒤에서 나를 끌어안았을 때 나는 저항하지 않았어. 처음부터 그는 그럴 작정이었던 모양이지. 문득 깨닫고 보니 무지하게 큰 방의 커다란 침대에서 나는 그에게 안겨 있었어. 술과 증오로 휘청거리며 나는 그 구명 튜브에 매달렸어. 구성작가의 듬직한 팔에 매달려 있던 나, 꼬옥 안아주는 그 가슴팍에서 괴로움을 지워버리려고 한 나, 나는 큰 바다에서 허우적거리는 익사 직전의 표류자였어.

모든 게 끝나자 구성작가는 기바 씨가 그랬던 것처럼 나를 다정하게 안아줬어. 나는 그 사람의 가슴에 얼굴을 꼭 붙이고 상처 입은 마음을 치료했어.

또 편지할게. 자꾸 이런 얘기 늘어놓아서 미안해.

9월 4일
리리카

도오노 리리카에게

여름 내내 관광객이 밀려들어 정말 굉장히 바빴다. 조금 쓰다 만 편지가 몇 장 있었지만, 마지막까지 쓸 겨를이 없어서 그럭저럭 넘기다보니 그새 9월이 되었구나. 그렇게 계절이 변하고 나니 이미 옛 편지는 어릴 때의 일기장처럼 낡은 내용이어서 결국 하나도 부치지 못했다.

하코다테는 이제부터 내가 가장 좋아하는 계절로 접어들어. 여름의 번잡함은 사라지고 약간은 애달픈 가을이 시작되지. 산정역에서 바라보는 가을 하늘은 정말 아름다워. 그리 넓지 않은 하코다테 거리가 푸른 하늘 아래 마치 장난감 도시처럼 한눈에 다 보여. 나무들이 하나둘 물들면서 불어오는 바람도 바다 빛깔도 조금씩 변화가 일어난다. 겨울이 오기까지 날마다, 아니 시시각각 단풍이 변해가는 모습이 정말 아름답기 짝이 없어.

이렇게 아름다운 경치를 고민에 빠진 네게 보여주고 싶다. 리리카, 어디라도 좋으니까 잠시 여행을 떠나보면 어떨까? 굳이 하코다테가 아니라도 아름다운 곳은 얼마든지 있잖아. 남쪽으로 가보는 것도 좋겠지? 규슈라든가 시코쿠 같은 데도 얼마나 멋있니? 그런 먼 곳은 힘들다면 가까운 곳에 괜찮은 온천은 어때? 기차를 타고 온천물에 푹 담그러 한번 나가봐. 여행으로 마음의 피곤을 씻어내는 게 지금으로서는 가장 좋을 것 같아. 지금의 너를 위로해줄 수 있는 건 자연의 힘뿐이야. 아름다운 가을 경치를 혼자 하염없이 바라보고 있어봐. 상쾌한 가을 바람에 얼굴을 씻고 맛있는 공기를 가슴 가득 들이쉬는 거야. 그리고 기분을 바꿔보면 어떨까?

복수심만큼 괴로운 감정은 없어. 네가 요즘 복수심으로 살고 있다는 것을 생각하면 괴로워져. 인간은 복수를 하기 위해 태어난 게 아냐. 리리카, 너는 행복해지기 위해 태어난 거잖니? 복수를 한다고 네가 절대로 행복해지지는 않을 거야. 오히려 자신의 추한 부분을 깨닫고 점점 더 자신이 싫어질 뿐이야. 아무리 괴로워도 인간을 증오해서는 안 돼. 부디 용서할 줄 아는 사람이 되기를 바란다. 상대를 용서해줄 때 너 또한 풍요로운 인생을 손에 넣을 수 있을 테니까.

후키와는 그럭저럭 잘 지내고 있다. 잘 지낸다고는 해도, 끝이 빤히 보이는 터라 서로의 슬픔을 서로 버텨주며 지내는 나날이야. 행복하다는 느낌을 가지기도 전에 이제 곧 우리 앞에 닥칠 이별을 상상하게 되고 말아. 그 한정된 시간 안에서 어떻게든 잘 지내보려고 발버둥을 친다고나 할까?

후키와는 시간이 허락하는 한 많은 이야기를 나누는데, 제일 어려운 건 화제가 미래로 향하지 않도록 조심해야 한다는 거야. 요즘 깨달은 일인데 인간의 화제란 거의 대부분 미래에 관한 것이더라. 이를테면 앞으로 어떻게 될 것인가 하는 얘기가 대부분이지? 취직이라든가 결혼, 출산, 노후 같은, 그러한 얘기에 대해서 많은 대화를 나눠. 그러나 후키와는 미래에 대한 얘기는 할 수 없어. 과거의 일만 얘기하지. 그러니까 대화의 실타래를 추억 속으로만 끌고 들어가야 해. 그게 정말 힘들어. 화제를 마음껏 발전시킬 수 없으니까 자꾸만 말이 막혀버리거든. 그래도 후키를 슬프게 하고 싶지 않아서, 어떻게든 웃겨주고 싶어서 열심히 밝은 화제를 찾아내려고 해. 그녀의 기억 속에서 가장 즐거웠던 날의 추억을 끌어내 함께 얘기하곤 해.

그런데 말야, 털어놓게 하느라고 어지간히 애를 먹은 얘기인데 후키의 추억에서 가장 즐거웠던 게 지난번 애인과 사이좋게 지냈던 일들인 모양이야. 그 얘기를 듣고 저항감이라고 할까 질투심이라고 할까, 적잖이 떨떠름했지. 그렇지만 그런 문제로 티격태격할 시간은 없잖아? 그래서 그냥 다 받아줬어. 아무튼 지금으로서는 후키가 떠올린 추억을 둘이 한 마음이 되어 그녀의 가족과도 같은 입장에서 들어줘야 할 때니까. 질투할 틈도 없어. 그럴 수밖에 없지, 이제 곧 그녀는 이 세상에 없을 테니까. 그래, 없을 거야.(정말 믿을 수가 없어. 없어지다니, 이 세상에 없다니, 그게 대체 뭐지?)

그녀도 그런 사실을 다 알고 있으니까 정말 괴로울 거야. 어제 처음으로 그녀가 무너진 모습을 보였어. 그녀의 어머니가 무심코 던진 한마디에 예민하게 반응한 거야. 어머니도 무슨 나쁜 뜻에서 하신 말씀은 아니었어.

"만약 네가 건강했더라면 모토지로 씨하고 결혼했을 텐데."

어머니가 조금은 경솔하셨지. 생각하기 전에 무심코 말이 먼저 튀어나온 거야. 평소에는 온순하던 후키가 그 말에 큰 소리로 엉엉 울더라. 마지막 힘을 쥐어짜듯이 커다란 소리로.

병실 밖에까지 소리가 울려서 간호사가 달려올 정도였어. 근육을 마음대로 움직이지 못하는 그녀가 있는 힘껏 몸부림을 치는 바람에 결국 의사 선생님이 진정제 주사를 놓으셨어. 어머니는 어쩔 줄 모르고 침대 곁을 서성거리시고, 정말 눈에 보이는 모든 게 다 고통스러웠어.

나도 후키가 건강했다면 꼭 결혼하고 싶었어. 그녀를 간병하는 동안 그녀가 점점 더 좋아지는 나 자신을 깨달아. 그러나 좋아하면 할수록 어떻게도 해주지 못하는 나 자신의 무력함에 우울해질 뿐······.

인간은 어째서 이렇게 불평등한 걸까? 매일 세계 곳곳에서 4만 명의 아이들이 굶주림으로 죽어간대. 이렇게 문명이 발달한 현대에! 일본은 세계 제일의 장수 국가로 손꼽힌다지? 남자는 77세, 여자는 84세까지 사는 나라. 그러나 내전이 끊이지 않는 중앙 아프리카의 몇몇 나라에서는 국민의 평균 수명이 25세래. 믿을 수 있니? 그 나라에서는 남자도 여자도 25세면 거의 대부분 죽는 거야. 25세에 친구와 가족이 차례차례 죽어가는 나라가 아직도 이 세상에 존재한다니, 도대체 이 빈부의 차이는 뭐란 말이니?

오래 간병을 하다 보니 세상이 조금씩 다르게 보이더라. 삶과 죽음이 과연 무엇인지 이리저리 생각하게 돼. 살아 있는 동안만이 전부라고 생각했었는데, 요즘은 그게 전부는 아니라는 생각이 들어.

만남의 인연에 대해서도 곰곰이 생각하지. 후키를 만난 덕분에 나는 인간이 가진 생의 의미를 다시 고찰해볼 수 있었어. 앞으로 그녀의 죽음을 지켜봐야 하겠지? 내가 그 이별에서 대체 무엇을 배우게 될지 아직은 알 수 없다. 그저 이런 운명이 내게 주어진 걸 보면 뭔가 중요한 의미가 있을 거라고 생각해. 그걸 깨달을 수 있으면 좋겠다. 그게 후키를 내 기억 속에 내내 살게

수다쟁이 구관조

해주는 일이라고 생각하거든. 한정된 삶 안에서라도 한정 없는 삶을 살고 싶어. 그녀에게도 그런 삶을 느끼게 해주고 싶어. 그게 무엇인지 어떻게 해야 되는지 아직은 모르겠다. 그러나 언젠가 분명히 알게 될 거라고 생각해.

아침이 어김없이 와주는 것도 큰 기적이라는 생각이 들 때가 있어. 사람들은 아침이란 그냥 찾아오게 마련이라고 믿고 있지. 그러나 우주라는 거, 사실은 누군가의 심심풀이 장난 때문에 한순간에 사라져버릴 수도 있는 위태로운 거야. 내일 아침이 반드시 온다고 장담할 수는 없는 것이지. 후키는 항상 그것을 두려워하며 살아. 어느 날 문득 심장의 움직임이 정지될지도 모른다는 것을 아니까. 그게 아니라도 자꾸만 여위어가는 육체가 언젠가는 그 움직임까지 멈춘다는 걸 알기 때문이야.

나는 내일에 기대를 거는 걸 그만뒀어. 오히려 중요한 건 바로 지금이라는 생각이 들더라. 만약 영원한 현재라는 것이 있다면 후키와 헤어지는 일도 없겠지? 영원한 현재 속에 그녀를 봉인해 버리고 싶어. 간병의 나날이 평생 계속된다 해도 그녀 곁에서 살고 싶어. 그러나 안 될 일이겠지? 그래서 바로 지금을 있는 힘껏 살아서 그녀의 모든 것을 기억하려고 해. 내가 살아 있는 한 내 기억 속에서 그녀는 죽지 않아.

일을 하다가도, 아니, 24시간 내내 그녀를 생각해. 그녀를 어떻게 하면 행복하게 해줄 수 있을까 하고, 어이없을 만큼 바보 같은 생각을 해.

9월 10일
모토지로 씀

추신 산정역 전망대에서 너를 위해 사진을 찍었다. 파랗게 개인 가을 하늘을 담았어. 이 편지에 함께 넣어 보내려고. 괴로워서 더이상 못 견디겠다는 생각이 들 때마다 이 사진을 보도록 해. 성층권이 지구상에 살아 있는 모든 것을 지켜준다는 증거가 바로 이 푸른 하늘이야. 지구가 푸른빛을 발하는 한 살아 있는 모든 것들은 여기에서 살아도 된다는 허락을 받은 셈이지. 거꾸로 말하면 우주의 고독으로부터 이 지구는 어떤 존재인가의 힘에 의해 살려지고 지켜진다는 얘기야. 푸른 하늘은 우주와 지구의 경계잖니? 푸른 하늘 덕분에 지구는 의연하게 보호를 받고 있어. 외로울 때는 하늘을 보렴. 거기에 하늘이 있는 한 리리카도 누군가가 항상 지켜주고 보호해준다는 거니까. 큰마음과 강한 정신으로 너의 고뇌를 극복해줘. 베토벤의 말 중에 굉장히 맘에 드는 말이 있더라.

'어려움을 뛰어넘어 환희에 이르르라!'

여행을 떠나봐. 기분을 바꾸기 위한 여행. 네 스스로 바꾸려고 마음먹지 않으면 아무것도 변하지 않아. 실제적인 행동이 필요해. 지금 당장 아무 생각도 하지 말고 여행을 떠나보렴. 분명 무언가를 만날 수 있을 거야.

도오노 리리카에게

앞의 편지를 우편함에 넣자마자 깜빡 잊고 하지 않은 말이 생각나서 급히 집에 돌아와 다시 이 편지를 쓴다. 그래서 앞의 편지하고 함께 들어갈지도 몰라. 이 편지가 두번째 글이니까 만약 먼저 뜯었다면 다른 편지부터 읽어라.

여행을 떠나보는 게 좋겠다는 이야기의 속편이야.

며칠 전에 케이블카 산정역에서 숙직을 하느라 산정 숙사에서 잤다. 그날 밤은 별별 짓을 다해봐도 잠이 안 와서(후키와의 미래에 대해 온갖 궁리를 하느라고) 할 수 없이 산책에 나섰어.

하코다테 산의 아무도 없는 캄캄한 산 속을 가느다란 오솔길을 따라 걸었어. 뒤쪽으로 돌아 들어가면 '천평 벌판'이라는 넓은 초원이 있거든. 이름처럼 그저 한없이 펼쳐진 너른 벌판인데, 실제 넓이가 어느 정도나 될까? 그래, 웬만한 야구장쯤은 될 거야. 예전에는 학생들이 앞다투어 소풍을 오곤 했었는데 요새는 위험하다고 금지됐어. 앞쪽이 깎아지른 절벽이라서 말야. 절벽 아래로는 바닷물이 미친 듯이 소용돌이치며 흘러가는 츠가루 해협. 정말 신비스런 곳이지. 하코다테 산을 정면에서 바라본 사람이라면 그 뒤쪽에 그토록 넓은 초원이 있을 줄은 상상도 하지 못하지. 우연히 뒤쪽으로 발길을 옮겨본 사람들은 그야말로 엄청나다는 탄성밖에는 안 나올 거야. 갑작스레 전혀 다른 세계로 잘못 들어온 듯한 기분이 들거든. 그날 밤, 인공의 전등불 따위는 하나도 없는데 달빛만으로도 온 초원이 속속들이 다 보이더라. 무릎까지 닿게 수북히 자란 풀들이 바람결에 이리저리 눕는 걸 바라보니 마치 초원이 살아 있는 것만 같았어. 바람 소리가 휘잉 휘이잉 가슴이 후련하도록 귓전을 울리고. 아무도 없는 그 초원 가운데 서 있자니 문득 사후 세계란 바로 이런 게 아닐까 하는 상상이 절로 들더라. 그렇지만 먹물처럼 컴컴하고 인기척 하나 없는 그곳이 전혀 무섭지 않았으니 정말 신기하지?

초원을 걷고 있자니 마치 꿈속을 걷는 듯한 신비한 감각을 느꼈어. 문득 정신을 차리고 보니 벌판 한가운데 나 혼자 서 있더라. 주위는 온통 부드러운 어둠이 가득하고 저 먼 끝에서는 나무들이 조용히 흔들리고 있었어. 대우주의 한복판으로 훨훨 풀려난 듯한 착각에 머리가 어지럽더라.

마음을 굳게 먹고 그곳에 큰 대자로 누워봤어. 그랬더니 세상에! 나, 정말 놀랐다. 무시무시할 만큼 많은 그 별, 별들! 근처에 전깃불이라고는 없는데다 공기까지 맑으니까 별빛을 가로막는 게 전혀 없었거든. '하늘의 총총한 별'이란 게 바로 그걸 두고 한 말이더라. 정말 아름다웠어. 하늘 가득한 별, 별, 별! 홋카이도에 오래 살았지만 그렇게 기막힌 하늘을 본 건 처음이었어. 별들이 유달리 빽빽한 곳이 있었는데 말 그대로 하늘을 가로지르는 강 같더라. 그래, 그게 바로 은하수였어.

감개무량! 그토록 아름다운 하늘을 볼 수 있게 해주신 하느님께 감사했어. 리리카, 너는 하늘에 총총한 별이라는 거 본 적 있니? 도시에 살면 절대로 못 보겠지. 전깃불이 없는 곳으로 가야 해. 하늘을 막는 게 하나도 없는 곳으로.

그때 나는 모든 것을 다 깨달은 듯한 마음이 들었어. 인간이 무엇인지에 대해. 그러나 명확한 말로 설명할 수는 없었어. 오히려 말이라는 건 필요 없다는 가르침을 받은 것 같았지. 나는 그 순간 의미를 추구하지 않았어. 그저 인간은 이 광대한 우주의 한 귀퉁이에서 살아가는 작고도 작은 존재라는 것을 깨달았을 뿐.

그것이면 충분하지 않을까? 그렇게 깨닫고 나니까 이상하게도 마음속이 후련하고 편안해지더라. 모든 것을 용서하자는 마음도 들더라, 모두와 사이좋게 지내야지 싶더라, 좀더 많은 사람들을 만나 따뜻한 악수를 하고 싶더라, 간절하게. 눈물이 마구

수다쟁이 구관조

쏟아졌지. 슬픔의 눈물이 아니라 내가 이렇게 살아 있다는 것에 대한 감사의 눈물…….

지구 밖에서 우주를 느끼고 돌아온 우주비행사들이 농부나 전도사가 되는 일이 많다지? 그 심정을 알 것도 같아.

그러니까 내가 하고 싶은 말은 이거야. 리리카, 별을 보러 떠나라!

별은 멀고 먼 거리를 열심히 건너와 네게 무언가를 전해주기 위해 반짝이고 있는 거니까.

모토지로

모토지로에게

내가 지금 어디 있는지 알아? 얼른 소인을 확인해봐.

그래, 오키나와에 와 있어! 지금 막 나하 공항에 도착했다구. 모토의 편지를 받은 때문이기도 하지만, 나도 실은 별을 타고 우주를 날아가는 꿈을 꿨거든. 후후, 그래서 여기까지 오게 되었다나? 아무튼 아침에 눈을 뜨자마자 오키나와가 너무너무 그리워서 그 길로 곧장 공항으로 나왔어. 그랬더니 마침 비행기 좌석이 하나 비어 있었고 문득 정신을 차리고 보니 나하 공항! 진짜 빠르던데?

일은 대충 둘러대고 땡땡이 쳐버렸어. 괜찮아, 어차피 곧 그만둘 생각이었으니까. 그래, 진짜 관둘래. 이 첫 엽서는 공항 우편함에 넣을게.

별을 위해 떠나온 여행의 첫걸음이야. 호텔 예약도 안 하고 무작정 왔는지라 맨 처음에 한 일은 잠잘 곳 찾기! 가이드북에 실린 예쁘장한 펜션에 전화를 해봤더니 다행히 빈방이 있대. 오늘은 거기서 묵기로 했어. 공항에서 버스로 두 시간이나 걸리는 곳이지만, 그러니까 더더욱 별을 보기에는 딱 좋은 장소겠지?

  무사히 여행할 수 있도록 기도해줘. 자, 별을 위한 여행 출발!

9월 18일
리리카 씀

친애하는 모토

지금 펜션에 도착했어. 가이드북에 실린 사진하고 똑같지는 않네. 그러나 주인 아주머니와 아저씨의 느낌이 너무 좋아서 마음에 쏙 들었어. 오키나와 사람들은 어쩌면 그렇게 웃는 모습이 착한지 모르겠어. 오키나와는 일본 제일의 장수 고장이래. 낙천적인 성품과 이곳만의 먹거리 덕분이라나? 자연스러운 그 웃음, 도시인이 완전히 잊어버린 것이잖아. 정말 너무 좋다.

지금부터 바다에 갔다올래. 바닷가까지 나가려면 한참 걸어야 한대. 들길을 느릿느릿 걸어 닿게 될 바다에서 나는 대체 무슨 생각을 하게 될까? 생각만 해도 벌써 가슴이 두근거려.

지금까지 오키나와 통신원, 도오노 리리카였습니다.
다음 소식을 기대해주세요!

리리카

친애하는, 친애하는 모토

우와아아!! 엄청나. 정말 기막히게 아름다운 바다. 너무 아름다워. 에메랄드그린의 바다는 정말 처음이야. 굉장해. 정말 멋있어. 살아 있다는 게 너무 고마울 지경이야.

리리카

모토지로에게

 지난번 엽서, 유치했지? 그치만 내 감동을 고스란히 전하려면 그렇게 표현할 수밖에 없었다구.

 지금까지 봐왔던 바다와는 전혀 다른 바다, 정말 아름다운 바다였거든. 마주 바라보기가 부끄러울 정도로 아름다운 바다가 이 세상에 있었다니! 나 혼자 거닐었던 타이거 비치는 이곳 사람들이 해수욕을 하러 다니는 해변인 모양인데, 그곳은 이미 일본이 아니었어. 불가사의한 하늘빛, 바다빛! 어디에서 서로 섞였는지 도무지 알 수 없는 수평선의 신비스러운 경계.

 여행사에 부탁하지 않고 이렇게 내 맘대로 여행하는 건 처음인데, 유명한 관광지를 돌아다니지 않아도 감동이란 이런 곳에 숨어 있는 거였어. 혼자 하는 여행, 정말 좋아. 이 감동을 이렇게 엽서로 하코다테까지(믿을 수 있어? 모토는 일본의 북쪽 끝에, 나는 남쪽 끝에 있다는 거?) 아직 한 번도 본 적 없는 모토에게 전할 수 있다는 것도 감동적이야. 살아 있기를 정말 잘했어. 이

환희를 누구에게 감사해야 할지. 베토벤의 말, 마음속에 소중하게 간직하고 있어.

'어려움을 뛰어넘어 환희에 이르러라!'

꼭 그렇게.

저녁을 먹은 뒤에 다시 타이거 비치로 나가서 그토록 염원하던 별을 보려고 해. 내 기쁨, 내 환희, 모토에게도 전해졌어?

9월 20일
도오노 리리카 씀

친애하는 나가사와 모토지로

보고 왔어, 하늘에 총총한 별!

지금 펜션 로비에서 이 엽서를 쓰고 있어. 마음이 깃털처럼 가벼워졌어. 뭐라고 표현해야 좋을까. 다시 태어났다고 하면 과장일까? 그만큼 큰 충격이었어.

어째서 여태까지 하늘의 별을 보지 않고 사는 실수를 저질렀는지. 그토록 간절한 의미를 전해주는 우주가 바로 내 머리 위에 있었는데, 모르는 척 무시하고 하루하루를 살아왔다는 게 너무 어이가 없어.

문명이란 어느 부분에선가 삶을 모욕하는 것이라는 생각이 들었어.

좀더 여행을 하라, 하늘을 보며 살아라, 여러 곳을 둘러보고 미지의 세계를 만나라…… 내가 별에서 배운 거야.

흥분이 가라앉으면 조금 더 능숙하게 이 감동을 표현할 수 있을 테지만, 지금은 그저 떨림으로 가득한 내 글씨를 통해 내 감동을 상상해달라구. 내게 별을 보라고 권해준 모토에게 감사!

리리카

모토지로, 모토지로, 모토지로!

 조금 전에 펜션을 체크아웃하고 이 엽서는 흔들리는 버스 안에서 쓰고 있어. 아침에 여관 가이드를 뒤적여 오늘 묵을 곳을 찾아냈거든. 전화로 예약하고 지금 그곳으로 가는 중이야. 내일 어디서 머물지는 아직 정하지 않았어. 돌아가는 비행기도 아직 예약을 안 했구. 당장 오늘 저녁에 잘 곳만 챙겨가며 여행한다는 거 너무 멋져!

 버스는 지금 한없이 이어진 옥수수밭 가운데를 달리는 중이야. 오른편에도 왼편에도 온통 옥수수밭! 도시였다면 어디로 가야 할지 불안하기 짝이 없었겠지만, 이곳에서는 왠지 조금도 불안하지 않아.

리리카

친애하는 나가사와 모토지로

저녁 해를 하염없이 바라보고 있어. 태양이 바다와 하늘을 빨갛게 물들이며 서서히 저물어가는 것을 모래사장에 앉아서 내내. 이제 곧 해는 저 너머로 사라지겠지. 또 하루가 끝나는구나. 하루의 끝자락을 이렇게 실감하며 살아본 적이 없었어.

"안녕"이라고 말해봤어.

"내일 또 만나자"라고 손을 흔들었어.

'인간이란 무엇일까'라는 의문으로 시작한 여행이었지만, 그 따위 이론은 필요 없다는 걸 깨닫게 돼.

리리카

PS 모토에게 정말 감사해. 이 평안을 나눠주고 싶어. 부디 무리하지 말기를. 너무 힘내려고 애쓰지 말기를.

 모토에게

저녁식사는 야채 볶음! 이곳 요리는 무엇이든 다 몸에 좋은 약이 될 것 같아. 쓴맛은 쓴맛대로, 단맛은 단맛대로 음식이 모두 싱싱하게 살아 있어. 저녁을 먹고 나서 다시 한번 별을 보러 나갔어. 도쿄에서는 한 번도 별을 신경 써서 본 적이 없었어. 빌딩이 하늘을 가린데다 공기가 오염되어서 별이 제대로 보이지도 않았으니까. 내내 하늘을 무시하며 살아왔어. 뭔가 허망하기만 했던 생활. 어쩔 수 없다고는 하지만 콘크리트로 딱딱하게 고정시켜버린 그런 생활 속에서 나는 대체 무엇을 찾으려고 했던 것일까?

오키나와에 있으면 당연한 일들이 그대로 다 보여. 그래서 오키나와 사람들이 장수하는 거겠지? 이런 환경에서 낙천적으로 사니까 오래 사는 것도 당연하지 뭐야.

이곳에서는 모든 빛들이 제 빛으로 빛을 내.

리리카

모토지로에게

지금 출발해.
날마다 새로 태어나는 듯한 기분.

　　　　　　　　　　　　리리카

친애하는 모토지로

내 몸속 시계가 점점 오키나와의 시간에 익숙해지면서 모든 게 느긋하게 흘러가는 느낌이 들어. 밤에는 푹 자고 아침이면 가뿐하게 눈이 뜨이면서 전날의 스트레스가 말끔하게 풀리기 때문이겠지?

정말 상쾌해. 인간다운 생활이란 바로 이런 걸 두고 하는 말인가 봐. 며칠 전까지 내가 보냈던 지겹던 일상이 이곳에는 없어.

이대로 여기 남아서 이곳 사람이 되고 싶은 마음이 들기까지, 안 될 일이라는 건 알지만…….

리리카

모토지로에게

 간밤에 묵었던 여관의 주인 내외분이 내게 이런 얘기를 해주셨어. 괴로운 일 같은 거 사실은 존재하지 않는 거라구. 무슨 뜻이냐고 되물었더니 주인 아저씨가 웃으면서 세상 일이란 죄다 마음먹기 나름이래. 마치 모토를 만난 듯한 느낌이었어. 물론 주인 아저씨는 모토와는 달리 오십을 훌쩍 넘은 분이지.

 "아가씨, 괴로움이란 사실은 이 세상에 존재하지 않는 거라고 생각해봐. 그러면 내 속에서 괴로움은 사라지고 모든 게 기쁨으로 변할 테니까."

 여관을 떠나올 때 다짐하듯 그런 얘기를 해주셨지. 여관 문을 열고 나서면서 한꺼번에 쏟아지는 햇빛을 온몸에 받는 순간, 약간 과장일지는 모르지만 세상의 모든 이치를 다 알아버린 듯한 느낌이 들었어.

 오키나와의 공기를 마음껏 들이마셨더니 내 몸 안에 분명하게 폐가 있다는 실감이 나. '나는 살아 있다. 좀더 신선한 공기를 마시고 싶다!' 살아 있다는 사실을 마음껏, 느긋하게 즐기고 싶어.

리리카

친애하는 모토

여행 떠나온 지 닷새째.

그런데 벌써 몇 주일, 몇 달씩 여행하는 것 같아. 이젠 여관 예약도 생략! 그냥 발길 닿는 대로 이렇게 며칠 돌아다니다 도쿄로 돌아가려고 해. 그러나 내 다리는 처음 이곳을 찾았을 때보다 훨씬 더 튼튼해졌겠지? 여행을 하라고 권해준 모토에게 정말 감사한 마음. 모토가 권하지 않았다면 이런 변화는 절대로 없었을 거야.

살다보면 정말 갖가지 일이 일어나겠지만 이제는 지나간 모든 것을 전부 용서할 수도 있을 것 같아.

오늘밤에도 별을 보러 나갈래. 모토는 그 시간에 어떤 별을 올려다보고 있을까?

리리카

모토에게

마음이 번잡해지면 폐에 가득 공기를 들이마시고 지금 내가 서 있는 곳을 확인해보곤 하지. 그렇게 정신적인 통기성이 좋아지니까 누구와도 사이좋게 지낼 수 있는 요령을 저절로 터득하게 되는 것 같아. 날마다 사람들을 만나는 게 즐거워. 모두들 정말 열심히 살고 있다는 사실을 이번 여행을 통해 절실하게 알게 되었어.

리리카가 감사의 마음을 담아

도오노 리리카에게

 멋진 여행기 고맙다. 리리카의 편지를 읽으며 나도 함께 여행하는 듯한 느낌을 가졌어. 도시를 떠나 여행을 해보라는 내 메시지가 그럭저럭 도움이 된 모양이구나. 정말 다행이다.
 나는 여전히 회사 일과 간병이 거듭되는 나날을 보내고 있다. 이런 생활에 이제 꽤 익숙해졌다고 하자니 기분이 약간 씁쓸해지는구나. 묘한 건 간병을 하다 보니 도리어 내가 간병을 받는 듯한, 혹은 심리적인 치료를 받는 듯한 기분이 드는 거야. 이건 설명하기가 몹시 어려운 얘기다만, 후키의 마음을 조금이라도 편하게 해주고 싶어서 매일 친구들이 불러대는 것도 거절하고(그도 그럴 것이 후키 얘기를 회사 동료들에게는 비밀로 했거든. 요즘 왜 이렇게 인간관계에 소홀하냐고 다들 투덜대는 통에 정말 입장이 곤란하다. 하긴 다 심성이 착한 녀석들이라 심하게 다그치지는 않지만. 아마 녀석들도 뭔가 말 못할 사정이 있는 모양이라고 짐작들은 할 거야), 간병으로 나날을 보내잖아. 그러다 보니 내가 간병을 통해 삶의 소중함을 차례차례 이해해가는 듯해서 고통스러우면서도 뭔가 존엄한 시간의 흐름의 한복판에 서 있다는 것을 문득문득 깨닫는 묘한 현상을 느끼고 있어.

죽음을 향해 서서히 다가가는 후키 곁에 있으면 이따금 시간이 멈추는 것 같아. 매 순간마다 지금 이 광경은 평생 결코 잊을 수 없을 거라는 생각을 해. 그래, 이렇게 일 분 일 초를 소중하게 느껴본 적은 없었어. 무엇에 대해서인지는 모르지만, 아무튼 엄청나게 감사하고 있어. 잔혹한 나날을 보내고 있는 터에 정말 이상한 소리지만, 지금 이 일 초의 시간이 주어졌다는 것에 감사하지 않을 수가 없어. 그녀는 아직 살아 있어. 그러니까 그녀가 살아 있는 지금 내가 해야 할 일이 너무 많은 거야. 마지막의 마지막까지 삶을 포기하지 않는 후키를 응원하는 것이야말로 지금 내가 해야 할 일이야. 이해하기 어려운 얘기겠지만, 아무튼 현재의 내 심정을 대충 이 정도로 전해둔다.

여행이라…… 정말 좋다. 나는 전에도 말했지만, 홋카이도 밖으로는 나간 적이 없어. 수학여행도 독감에 걸려 못 갔지. 그래서 하코다테 주변밖에는 잘 몰라. 육아원에 있을 때 두 차례 모두 함께 삿포로에 놀러갔던 게 가장 긴 여행이었나? 아아, 나도 여행을 떠나고 싶다. 텔레비전이나 카메라가 아니라 내 눈으로 직접 세계를 보고 싶어. 세계가 얼마나 큰지 내 발로 걸어보고 싶어. 동남 아시아, 남미, 아프리카…… 바다 건너편의 문화를 직접 접해보고 싶었는데…….

리리카, 너는 좀더 넓은 세계로 자주 떠나보렴. 너는 얼마든지 그럴 수 있는 환경이잖아? 자유로우니까, 날개가 있으니까 꼭 다양한 세계를 만나주기를 빈다. 그리고 내게도 네가 본 것을 전해다오. 앞으로도 한참 동안 이곳에서 나갈 수 없는 나를 대신해서.

나는 어렸을 때 항상 베갯맡에 지구본을 두고 자곤 했어. 세계 각국의 수도를 전부 돌아보는 게 내 소원이었지. 어떤 사람들이 사는지, 어떤 도시들이 있는지 상상하는 게 내 놀이였어. 정말 즐거웠다, 지금 돌아보니 그때가 정말 즐거웠어.

언젠가 나도 여행을 떠나게 될 거야. 하코다테라는 거리를 벗어나 한없이 끝도 없는 여행을 떠나겠지. 그때는 여행지에서 나도 네게 한 통의 편지를 보내마.

다시 시간 내서 편지할게. 지금 병원에 가야 하니까 오늘은 여기서 그친다. 여전히 형편없는 글씨, 용서해라. 점점 글씨가 엉망이 되는구나. 미안해.

10월 10일

나가사와 모토지로

추신 선물 고맙다. 어제 택배로 받았어. 울금차는 두고두고 어머니의 애용품이 될 것 같다. 타이거 비치에서 네가 하나하나 주웠다는 조개는 내 책상머리에 놓아두고 보기로 했다.

모토지로에게

　여행에서 돌아오니 칼로 베어낸 듯 아픈 현실이 기다리고 있었어. 어디서부터 어떻게 얘기해야 할지 도무지 정리가 되지 않아. 곧바로 답장을 하지 못한 것도 또다시 찾아온 뜻밖의 신의 장난 때문, 아니, 내가 불러들인 엄청난 사건 때문이었어.

　여행에서 돌아온 며칠 뒤에 그 사람의 부인이라는 여자가 내 집에 찾아왔어. 한밤중에 느닷없이 찾아왔기 때문에 가슴이 덜컥 했는데 아니나 다를까 그 사람이 교통 사고를 당했다는 거야. 부인이 나를 찾아온 그날 저녁 무렵에 그 사람이 새장을 안고 (새장은 아마 그 새장일 거야. 분명 그 사람이 다시 고쳤겠지) 길을 건너다 빨간 신호등을 미처 보지 못했대. 목격한 사람의 말에 따르면 고개를 푹 숙이고 건널목을 건너는데 마치 자기 발로 트럭에 뛰어드는 것처럼 보였대. 트럭에 치여 허공에 붕 떴다가 보도에 떨어졌고, 큰 병원의 중환자실로 실려갔노라고, 생사의 경계를 오가는 중에도 이따금 신음하듯 내 이름을 부른다고 하더라. 부인에게 내 얘기를 해뒀는지 그 부인은 내가 친딸이라는 것을 알고 있었어. "좀더 일찍 자기에게 얘기해줬더라면 좋았을 텐데"라며 부인이 내 앞에서 울더라. 부인은 자기 남편에게 그런 과거가 있다는 건 까맣게 몰랐대. 그러나 그 사람의 성격상 그동안 혼자 무척 괴로워했을 거고 그런 고민을 하다 이번에 사고를 당한 것 같다는 거야.

혹시 내가 찻집에서 죽음으로 보상하라고 다그쳤던 것을 정말로 실행해주려고 그랬던 걸까? 그래, 분명 그럴 거야. 그렇다면 이번 사고는 나 때문에 일어난 거야. 아무튼 지금 바로 병원으로 가자며 그 사람을 구해줄 사람은 나밖에 없다고 부인이 말하는데 뭐가 뭔지도 모르고 마음의 정리도 하지 못한 채 부인을 따라 응급실로 달려갔어. 응급실 입구에서 소독을 받고 안에 들어서자 벌써 자정이 다 된 시간이었어. 그 사람은 자고 있었는데, 혼수상태에 가깝다고 의사 선생님이 설명해주는 거야. 그날 저녁이 고비인데 그 고비만 넘기면 다음날에는 회복될 가능성이 있다고 했어. 눈물이 흐르는 걸 닦을 생각도 못하고 그 사람의 창백한, 마치 죽은 사람 같은 얼굴만 물끄러미 바라보고 있었어. 그 사람 곁으로 다가가 귓가에 "저 리리카예요"라고 속삭였어. 희미한 반응이 있는 것도 같았지만 곧바로 의사 선생님이 등을 떠밀더라.

로비에 그 사람의 아들과 딸이 있었는데 둘 다 고개를 떨구고 울고 있었어. 내가 이 사람들의 행복을 빼앗았다고 생각하니 갑자기 너무 후회가 되어서, 아니, 후회라는 말로는 도저히 용서할 수 없을 만큼 괴로웠어. 돌이킬 수 없는 짓을 저질렀다는 생각에 내가 악마처럼 느껴졌어.

그 사람의 부인과 아이들과 함께 병원 복도에서 아침을 맞았어. 모두 아무 말 없이 기도만으로 하룻밤을 꼬박 새운 거야. 아침이 되고 병원에 조금 활기가 돌기 시작할 무렵, 의사 선생님이 고비는 넘겼다고 한마디 알려줬어. 그 한마디를 듣는 순간, 물론 내가 이런 말을 하는 건 정말 염치없지만, 태어나서 처음으로 하느님을, 부처님을 깨달은 순간이었어. 아이들이 손을 맞잡고 다행이라며 울먹였어. 부인이 크게 신세를 졌다며 인사하는데, 나는 너무나 죄송해서 그저 머리를 깊이깊이 숙이는 수밖에 다른 도리가 없었지.

오후에 병원을 나와 집에 돌아왔는데 머릿속이 하얗게 되어서 앞으로 어떻게 해야 좋을지 아무 생각도 나지 않았어. 그저 멍하니 내 방에 기어들어와서 그대로 자버렸어. 그로부터 만 이틀 동안 나는 방에서 나올 수도 없었어. 나 자신을 한없이 저주했어. 내 존재가 너무 가증스러웠으니까. 내가 살아 있으면 모든 사람에게 폐만 되는 것 같아. 무조건 죽고 싶었던 고등학교 3학년 때

하고 똑같은 기분이야. 그토록 아름다운, 하늘에 총총한 별들을 봤던 게 바로 며칠 전이건만.

그래도 죽을 수는 없잖아. 자살을 하기에는 내가 이미 삶에 지나치게 깊이 발을 들여놓아버렸나 봐. 무엇보다 공포감을 견딜 수가 없었어. 그러나 그 사람을 죽음의 늪으로 밀어넣고 나는 이렇게 멀쩡하게 살아 있다니 정말 나 자신이 뻔뻔하게 느껴졌어. 이제 정말 뭐가 뭔지 모르겠어. 어떻게 해야 좋을지 도무지 모르겠어. 모토, 나는 살아 있어도 되는 걸까? 이대로 살아 있어도 괜찮아? 더 많은 사람들의 행복을 빼앗을 것 같아 무서워. 도와줘. 아아, 그치만 안 돼. 모토의 행복까지 빼앗을지도 몰라. 나는 불행을 부르는 인간인가 봐. 모토에게도 분명 폐를 끼치겠지. 모토는 지금 대단히 중요한 시기를 보내고 있으니까 나 같은 인간이 모토의 존엄하고 아름다운 인생을 방해하는 건 절대로 용서받지 못할 일이야.

10월 20일
리리카

추신 미안해, 항상 이런 편지가 되고 말아서. 그렇게 멋진 오키나와 여행의 치료 효과도 어디론가 사라지고 다시 처음으로 돌아와버렸어. 아니, 처음이 아니라 마이너스 지점에서 다시 시작하는 것 같아. 내가 과연 여기서 빠져나갈 수 있을까?

나가사와 모토지로에게

답장이 없어서 걱정하고 있어. 후키노 씨는 좀 어때?
 그 사람을 사고로 몰아넣은 내게 그만 질린 거야? 나 같은 인간에게는 더이상 편지를 해줄 수 없다고 생각했어?
 그러나 모토지로가 보내주는 편지가 지금 내게 꼭 필요해. 시간이 남을 때라도 좋으니까 꼭 답장해줘.

도오노 리리카 씀

마음에 가시 돋친 선인장

지금 나 자신을 믿을 수가 없어. 도대체 어떻게 해야 좋을지 갈피를 잡을 수 없는 마음으로 이 편지를 쓰는 거야. 낮에서 밤으로 건너오면서 세상이 한꺼번에 돌변해버렸어. 당신은 대체 누구지? 정말 나가사와 모토지로라는 사람이야? 아니면 다른 이름이 있는 건지?

나가사와 모토지로

 모토에게서 편지가 끊긴 뒤로 벌써 한 계절이 지났어. 시모기타자와는 이제 완연히 겨울 풍경으로 바뀌었어. 하코다테는 분명 온통 눈으로 덮였겠지?

 보통의 펜팔이었다면 한동안 답장이 없어도 그다지 신경을 쓰지 않았을 거야. 그러나 답장 쓰기에 꼼꼼한 모토이고 보니 편지가 오지 않으면 정말 걱정이 된다구. 그 사람은 차차 회복되어 며칠 전에 재활 치료도 시작했어. 모토에게만 의지해서는 안 되겠다는 생각에 나, 자진해서 그 사람의 재활 치료를 도와주고 있어. 모토였다면 분명히 이렇게 하라고 충고해줬을 거라는 생각에 내 쪽에서 먼저 그 사람에게 사과하러 갔어. 그리고 재활 치료를 도와줄 수 있게 해달라고 부탁했지. 사고로 양쪽 다리가 마음대로 움직이지 않아 곁에서 보행 훈련을 도와주고 있어. 그리고 머리를 너무 심하게 부딪힌 탓에 말을 제대로 할 수 없어서 (그것도 회복에 꽤 시간이 걸릴 것 같아) 내가 헤아려서 들어주는 역할을 맡고 있지.

아직 아버지라는 말이 선뜻 나오지는 않지만 조금쯤 마음이 가까워졌다는 건 확실해. 그 사람의 아이들과는 훨씬 더 친해졌어. 하긴 내 본성이 복잡한지라 정말로 마음을 허락했는지 어떤지는 모르지만. 그러나 그들에게는 아무 죄가 없는 걸. 게다가 나와는 비교할 수도 없을 만큼 순수한 아이들이야. 그 아이들과는 피가 섞인 사이니까 어떻게든 친하게 지내고 싶은 마음은 강해. 부인은 너무 착해서 내게 신경을 많이 써줘. 얼마 전에 둘이 있게 되었는데 이런 얘기를 털어놓더라.

"애들 아버지가 이따금 뜰에 나가 별을 보곤 했어. 왜 그러느냐고 다가가면 황급히 눈물을 훔치고는 아무 일도 아니라고 하는 거야. 아마 리리카 생각이 나서 그랬겠지. 속으로는 어디서 어떻게 사는지 무척 걱정했을 거야."

그 말을 아직은 곧이곧대로 믿을 수 없지만 앞으로 조금씩 받아들이게 되겠지. 그 사람(이름이 하스이 아키히코래). 정말 부러운 생각이 절로 들 만큼 순수하고 마음 착한 가족을 가졌어. 그 사람을 이런 지경에 몰아넣은 건 나라고 정직하게 부인에게 털어놓았는데도 그녀는 다정하게 미소를 지으며 "그건 리리카 탓이 아냐. 그 사람의 후회하는 마음이 그렇게 시킨 것일 뿐이지 절대로 리리카 탓이 아냐"라고 도리어 나를 위로해주는 거야.

나의 소행이 두고두고 절절이 후회될 만큼 그의 가족은 착하고 훌륭해. 아무튼 내가 할 수 있는 일이 무엇인지 생각해가며 지금은 그저 열심히 그 사람의 재활 치료를 도와주는 게 최선의 참회인 것 같아.

아르바이트도 이번주만 나가고 그만두기로 했어. 그런 곳에 너무 오래 다니면 쉽게 빠져나오지 못할 것 같고 돈도 조금은 모았으니까 부지런히 새 어린이집을 찾을 거야. 다른 어린이집에 취직이 된다면 그곳이 내가 새출발할 수 있는 성채가 되겠지? 마음을 새롭게 다잡고 열심히 살아볼래(열심히 살겠다고 너무 힘을 쓰지는 말라구? 물론, 내 말은 그저 자연스럽게 도전해보겠다는 뜻이야).

그러니까 모토, 이제는 안심해. 리리카는 어떻게든 극복해나가고 있으니까. 모토가 어떻게 지내는지 도리어 그게 걱정이야. 어떤 소식이라도 좋으니까, 상황이 좋지 않다는 소식이라도 괜찮으니까(때로는 나도 모토에게 격려의 말을 해주고 싶다구) 제발 편지 해줘. 혹시 알아? 내가 모토에게 크게 도움이 될지?

홋카이도는 눈에 뒤덮여 굉장히 춥겠지? 부디 몸조심하고, 감기 걸리지 않도록 건강에 유의해.

12월 5일

도오노 리리카

PS 다시 여행을 떠나고 싶어. 여행이란 정말 신선한 자극이야. 날마다 여행을 다닐 수 있으면 좋으련만. 이번에는 어디로 가볼까?

친애하는 모토지로

내 방에서 키우던 선인장이 시들었어. 선인장을 시들어 죽게 하다니, 나 정말 한심하지?

근데 내가 물을 안 주긴 했지만 선인장이란 원래 물을 거의 주지 않아도 잘 자라야 되는 거 아니야? 그런데도 시든 걸 보면 내 일상이 진짜 건조한가 봐. 아니, 선인장을 시들어 죽게 할 정도로 무심하게 살고 있다는 걸까? 나만 몰랐을 뿐이지 실은 내가 주위를 제대로 둘러보지 않고 살았다는 걸까?

따져보니 벌써 석 달이 넘도록 물을 주지 않았네. 모토지로 때문이야. 선인장이 시든 건 반은 모토지로 탓이라구. 큰 사고가 난 게 아니라면 어떤 이유가 됐건 아무튼 답장을 좀 해줘야지.

뭔가 문제가 일어났다면 미덥지 않을지는 모르지만 이번에는 내가 모토를 받쳐줄 수 있도록 기회를 줘야 되는 거잖아. 항상 도움을 받기만 했으니까 이번에는 내가 모토를 있는 힘껏 도와줄 텐데.

답장 기다릴게.

12월 10일
리리카

추신 라디오에서 〈선인장의 마음〉이라는 노래를 들었어. 누구 노래인지는 모르지만, 이전에도 듣고 느낌이 좋았던 게 생각나 서둘러 녹음을 했어. 이 녹음테이프하고 가사를 적어 보낼게. 나하고 어쩌면 이렇게 잘 맞는지! 다음에 CD 구하면 보내줄게.

사막의 도시에서 살아가는 우리
마음에 가시 돋친 선인장
나를 지키려고 키운 가시에
소중한 사람들은 하나둘 떠나고
별이 빛나는 하늘을 올려다보며
선인장은 오늘도 외톨이
차디찬 달빛에 젖어 내일을 기다리네
사막의 선인장이여, 꽃을 피워보렴
분명 누군가 그대에게 말을 걸어오리니

도오노 리리카에게

오랫동안 답장하지 못해서 미안하다.

후키가 11월 중순에 지금까지 받았던 어떤 수술보다 큰 수술을 받았기 때문에(목을 절개하는 건데 이 수술을 받으면 더이상 목소리가 나오지 않아. 앞으로는 서로 말을 하기도 힘들어질 테니까 둘이 몹시 우울하게 보냈다) 그동안 내내 답장을 하지 못했어. 정말 엄청난 수술이었어. 우선 무사히 끝나긴 했지만 그녀는 목소리를 영원히 잃고 말았어. 그녀의 목에 관이 꽂히게 되었는데 그것을 내게 보여주고 싶지 않은 모양이야. 이제 그녀는 너무 말라서 뼈에 가까스로 살가죽이 얹힌 것 같아. 정말 너무나 가슴이 아프다.

목소리로는 서로 이야기를 할 수 없게 되어서 요즘 메시지 보드(어떤 건지 설명하기가 좀 복잡하다만 한마디로 말하면 그림이나 글자를 적어 넣는 칠판 같은 거야)를 사용해서 서로 의사를 전달하는데 그게 간단하게 되는 게 아니라서 엄청 고생스럽다.

 게다가 수술을 받은 뒤에 면회 시간이 하루에 이십 분으로 제한되었어. 그러니까 답장을 쓸 시간은 만들려면 만들 수도 있었지만. 뭐라고 할까? 어느 정도 병세가 안정되기를 기다리는 데 시간이 걸렸다고 할까. 아무튼 도저히 편지지를 마주할 심리적인 여유가 없었다. 삶과 죽음이 일상을 얽어매고 억누르는구나…… 하루 20분, 어둠침침한 병실에서 후키노의 창백한 얼굴을 마주할 때마다 타인을 격려해준다는 게 얼마나 어려운지 깨닫곤 한다.

 답장이 늦어서 정말로 미안해. 그리고 엉망으로 쓴 글씨와 문장도 미안. 글씨가 제대로 써지지 않는다. 감정이 헝클어진 탓에…….

12월 20일
모토지로

PS 별님에게 내 소원을 빌어보곤 한다…….

친애하는 나가사와 모토지로

모토가 그토록 고통스러운 마음으로 간병을 하고 있는데 나는 모토에게서 답장이 안 온다고 안달을 했으니 정말 부끄러워. 그래도 항상 떼만 쓰는 이 편지 친구를 부디 미워하지는 말아줘. 정말로, 진심으로 걱정했었는걸. 이번에 보내준 편지에서 후키노 씨의 수술 얘기를 듣고 지금은 내가 쓸데없는 조언이나 감상적인 격려는 삼갈 때라는 걸 깨달았어. 그래서 나 자신을 억누르고 있어.

뭔가 도움이 되고 싶은 마음은 간절하건만 너무나 엄청난 현실을 듣고는 어떤 해결책도 줄 수 없어 안타까워.

이런 때 누구보다 모토의 힘이 되어주고 싶은데 무력한 나 자신이 한심하게만 느껴져. 다만 간병하는 가운데서도 부디 자신의 몸을 소중히 해주기를.

도오노 리리카

PS 조용한 음악을 들으면 조금 위로가 될까 싶어 내가 편집한 카세트 테이프를 함께 보낼게. 괴로울 때나 잠이 오지 않을 때, 초조할 때 들으면 마음이 편해져.

곡목을 적어 보낼게.

A면
1 센티멘털 워크(영화 〈디바〉의 사운드 트랙에서)
2 아베 마리아(바체슬라브 케건 베리)
3 세 개의 짐노페디(에릭 사티)
4 달빛에 젖어(아리코)
5 Allegro de concert, op. 46(엘다 네볼신)

B면
앰비언트 1/ 뮤직 포 에어포트(브라이언 이노)

친애하는 도오노 리리카

 테이프, 고마웠다. 지금의 내게 너무도 잘 맞는 선물이야. 그저 기도에만 의지하는 나날을 지내다보면 음악은 가장 큰 즐거움이거든. 인간은 시시한 것을 많이 발명해서 자연을 파괴해왔지만, 음악만은 정말 훌륭한 발명인 것 같아. 정말 너무 훌륭해. 듣는 순간만은 순수한 마음으로 아름다운 선율에 온몸을 기댈 수 있으니까. 네가 골라준 음악들은 아픔으로 갈가리 찢겨졌던 내 마음에 정말 무엇보다 좋은 선물이었다. 네가 진실한 편지 친구이기 때문에 내 마음의 뻥 뚫린 구멍을 막아줄 수 있었겠지? 정말 고마워.

 후키는 조금씩이기는 해도 강인한 생명력으로 일시적인 안정 상태를 보이고 있어. 곁에서 지켜보기에도 아슬아슬하다만, 생명력이란 정말 신비한 거야. 살아 있는 그녀를 보고 있으면, 나를 향해 미소 짓고 있는 그녀를 보고 있으면 나도 열심히 살아야지, 조금 더 열심히 살아봐야지 하는 마음이 저절로 든다.

네가 골라준 아름다운 음악들은 모두 그런 나를 조용하게 가라앉혀준다. 조용한 가운데 분명하게 용기를 심어준다. 생큐.
정말 네가 내 바로 곁에 있는 것만 같다.

12월 24일
모토지로 씀

추신 길게 쓸 수 있는 상황이 아니다. 짧은 편지, 미안하다. 하고 싶은 말은 너무 많은데 내 정신 상태가 이러니 제대로 글로 마무리가 되지 않아. 게다가 글씨도 보다시피 엉망이지? 전철 안에서 마구 흔들리며 쓴 글씨 같다. 읽기 힘들겠지만 부디 참고 읽어다오.

그렇구나. 오늘이 크리스마스 이브다. 어쩐지 밖이 시끌벅적하다 했지. 그러나 지금 나는 도저히 축제 기분이 나지 않는다. 작년에는 네게 하코다테의 크리스마스 트리 점등식 얘기를 써 보냈던 것 같은데…… 작년이 너무 그립다…….

친애하는 나가사와 모토지로

카세트, 마음에 들었다는 답장에 정말 기뻤어. 모토에게 작은 것이나마 꼭 도움이 되고 싶었거든. 내가 선곡한 음악들이 모토의 마음에 조금이나마 위로가 되었다니 정말 너무너무 흐뭇해.

실은 모토에게 사과해야 할 일이 있어, 고백하지 않으면 안 되는 것이.

모토에게서 답장이 오지 않은 채 석 달이 지났을 무렵이니까 12월 중순이었어. 내가 주말을 이용해 그만 하코다테에 찾아가고 말았지 뭐야. 겨울 경치(그러나 눈은 아직 내리지 않았더라)의 하코다테, 난생 처음 가본 홋카이도였어. 무척 망설였지만 아무튼 모토지로의 집을 찾아냈어. 낯선 거리를 모토만 생각하며 돌아다녔어. 오키나와를 여행해봤던 경험이 있는지라 혼자여도 두렵지는 않았어. 게다가 모토가 사는 동네라고 생각하니까 왠지 마음이 턱 놓이더라.

난생 처음 가본 하코다테는 신비감이 감도는 거리였어. 항상 마음속에 그려보던 동유럽의 조그만 시골 동네 같은 분위기. 특히 모토의 집이 있는 거리는 역사의 향기가 느껴지는 멋진 곳이었어.

그러나 안심해. 모토의 얼굴을 보려고 하코다테를 찾은 건 아니었으니까. '안절부절 못한다' 라는 말이 있지? 너무 오랫동안 답장이 오지 않으니까 내가 꼭 그런 심정이었거든. 도저히 가만히 있을 수가 없어 하코다테에 한번 가본 것뿐이야. 그래서 모토의 집을 찾아내고도 벨을 누르지 않았어.

모토의 집을 구경하기는 했지만 그것도 모토의 집 맞은편 교회 너머로 한참 떨어진 언덕 아래에서 올려다본 것뿐이야. 모토의 어머니이신 듯한 분이 장바구니를 들고 언덕길을 내려오시는 걸 보고 황급히 나무 뒤에 숨었어.

그분은 그다지 불행한 표정은 아니셨어. 그래서 무리하게 모토의 집에까지 들어가지는 않기로 했지. 만약 그때 어머니(정말 어머니이신지는 모르지만), 정확하게는 모토의 집에서 나온 그 부인이 조금이라도 불행하거나 비통한 표정이었다면 나는 망설이지 않고 모토의 집에 찾아갔을 거야. 그러나 그분은 서늘한 눈매로 겨울 하늘을 올려다보고 계셨어. 그 시선을 통해 짐작해보건대 모토의 신상에 몹쓸 일이 일어난 것 같지는 않더라. 그래서 그걸로 내 마음을 다독거리고는 케이블카 승강장에도 찾아가지 않았어. 하코다테 산을 오르락내리락 하는 케이블카를 산중턱에서 물끄러미 쳐다만 봤지.

시내 호텔에서 하룻밤 자고 그 다음날 바닷가 레스토랑에서 생선 요리로 아침을 먹고는 곧바로 도쿄로 돌아왔어.

모토의 집으로 올라가는 언덕길 양옆으로 고풍스럽고 역사적인 건물들이 죽 이어져 있지? 그 건물들을 물끄러미 바라보며 모토가 이 언덕길을 오르내리며 자랐겠구나 하면서 혼자 감격도 했다구.

집에 찾아갔던 거, 내 멋대로 하코다테까지 갔던 거, 사과할게. 그렇지만 그냥 모토가 너무 걱정되어서 그런 거야. 정말이야, 미안해.

12월 26일
도오노 리리카

추신 본격적으로 새 직장 찾기에 나섰어. 어린이집 두 군데에 면접보러 갔었는데 역시 어려운 점이 한두 가지가 아니야. 그렇지만 절대로 지지 않을래. 분명히 나를 이해하고 받아주는 곳이 있을 거니까. 내일 다시 다른 곳에 면접보러 갈 거야.

그리고 그 사람도 이제 꽤 건강을 회복했어.

지난번에 둘이서만 있게 되었을 때 그 사람이 이런 말을 하더라.

"나는 입이 열 개라도 뭐라고 할 말이 없구나. 생활이 어느 정도 자리가 잡힌 뒤에도 너를 데리러 가지 않은 나는 인간으로서 실격이니까. 나름대로 절박한 사정이야 있었지만 그건 전부 변명이 될 뿐이고 지금은 그저 사죄하는 수밖에 없구나."

나는 아무 대답도 하지 않았어. 그러나 그 사람이 마음속에 항상 나를 품고 있었다는 걸 알았으니까 그걸로 충분해. 이제 그만 용서해주자는 생각이 들더라. 정말 웬일인지 모르겠어. 그렇게도 미워했었는데, 진짜 신기하지?

친애하는 리리카

 휴우, 나 깜짝 놀랐다! 후키 일에 정신이 없는 틈에 리리카가 하코다테에 왔다 갔다니! 정말 뜻밖이었어.

 그건 그렇고 처음으로 와본 하코다테는 어땠니? 하루 만에 돌아갔다니 속속들이 구경할 여유는 없었겠지만 그래도 북녘 항구 도시의 분위기는 만끽했겠지? 하코다테 바닷가 레스토랑에서 식사를 했다구? 뭘 먹었니?

 하코다테라고 하면 으레 새벽 어시장이나 바닷가 관광의 거리가 좋다고 난리들이지만, 난 절대로 그렇게 생각하지 않아. 리리카가 오키나와 여행을 할 때도 그런 걸 느꼈을 거야. 번쩍거리는 관광지 레스토랑보다는 그 지역 사람들이 자주 드나드는 허름한 대중 식당이 훨씬 더 좋다는 거 말야.

 항구 뒷골목 쪽으로 걸어들어가면 고기잡이 아저씨들이 단골로 드나드는, 어딘지 한물갔다는 느낌이 드는 허름한 식당들이 있어. 그러나 결코 겉보기로만 판단해서는 안 되지. 그런 식당에서 먹는 '연어 정식'은 정말 기막혀! 연어 중에서도 기름기가 자르르 흐르는 배 부분을 노르스름하게 구워서 무즙 간장을 곁들여 먹는 거야. 정말 말로 표현할 수 없는 호사스러운 맛! 하코다테는 리리카의 말대로 이탈리아 한 귀퉁이의 조그만 어촌 같은 곳이거든. 체면 차릴 것 없이 서민적인 음식을 찾아 먹는 게 제일 맛있지.

홋카이도가 라면이라면(물론 삿포로가 원조지만) 카레라든가 오므라이스 같은 건 하코다테 쪽이 훨씬 더 맛있어.

그리고 하코다테는 무조건 언덕길을 터벅터벅 내 발로 돌아다녀봐야 그 진수를 알 수 있어. 우리 집 주변에 고풍스러운 돌담 언덕길이 많거든? 관광버스 같은 거 아예 생각도 말고 이런 길들을 걸어보라고 강력 추천한다. 언젠가 꼭 리리카를 안내해주고 싶구나……

또 편지할게. 아직 조금 더 후키 곁을 지켜주어야 하니까 답장이 늦어질지도 모르지만, 기다려줘.

12월 30일
모토

추신 이제 곧 정월이구나. 한 해가 지나는 게 빠르다. 너무 빨라. 시간이 좀 천천히 가주면 좋으련만. 올해는 설날도 제대로 챙기지 못하고 지나겠다.

어제, 친구 결혼식이 있어서 다녀왔는데, 정말 행복하게 보이더라. 내가 불행한 때일수록 진심으로 친구를 축하해줄 수 있는 큰 사람이 되고 싶었다.

그 친구와는 초등학교 때부터 고등학교 졸업 때까지 내내 같은 학교에 다녔어. 초등학교 5, 6학년, 중학교 3학년 때는 반까지 같았지. 반이 다를 때도 항상 짝꿍처럼 놀았던 진짜 친구야.

그 친구의 생애 최고의 기쁜 날, 그런 날에 내가 마음이 울적해 있어서는 절대 안 되지. 그런데도 어딘지 그들의 행복이 부럽기만 했던 것도 사실이야. 행복이 가득한 그 친구에게 아주 조금 샘이 나더라. 신부 차림의 후키 얼굴이 자꾸만 떠오르는 통에……

그런 나 자신이 부끄러워서 나올 때 그들의 눈부신 얼굴을 똑바로 바라볼 수가 없었어. 나는 네가 생각하는 만큼 그렇게 훌륭하고 대범한 남자는 못 되는 모양이다.

그랬더니 그 친구가 내 마음을 헤아렸는지 눈시울을 붉히면서, 힘든 때 우리를 위해 일부러 와줘서 고맙다고 해주더라. 진짜 친한 친구니까 그에게만은 후키에 대한 얘기를 했었거든.

지금은 진심으로 그들의 행복을 비는 마음이다.

봄이여, 어서 오라!

 연하장 대신 이 편지를 보냅니다. 모토지로는 크리스마스도 설날도 못 챙기고 있을 거라 생각합니다. 간병으로 밤낮을 보내는 모토지로에게 남들에게 하듯 새해 복 많이 받으라는 평범한 인사를 할 수 없어 올해는 연하장은 보내지 않으려고 합니다. 우리의 편지도 그새 두번째 설날을 맞이했네요. 돌아보면 정말 많은 사건들이 연달아 일어났던 바쁜 나날들이었지만 암만해도 그런 상태가 올해도 계속 이어질 것 같습니다. 그러나 이제는 어떤 일이 일어나더라도 결코 동요하지 않을 자신이 생겼어요. 그만큼 지난 한 해를 허겁지겁 달려왔으니까요. 우리 무슨 일이 있건 지지 말고 서로 열심히 살기로 해요.

 아참, 새해 벽두부터 아주 좋은 일이 있었답니다. 드디어 새 직장을 구했어요! 작년부터 직업안내소(요즘에는 헬로 워크라는 말을 쓰는 듯)에 부탁했었는데 드디어 나타났어요. '내가 찾던 바로 그곳!' 이라는 느낌의 어린이집입니다. 집에서 꽤 먼 곳이라 지하철로 출퇴근을 해야 하는 게 조금 흠이지만, 규모가 크고 선생님들도 정말 많아요. 일하는 사람이 많으면 따돌림당할 일도 적을 것이고 아이들도 많으니까 앞으로 무지 재미있을 것 같아요. 게다가 넓은 정원(청소하기는 힘들겠죠?)이 있고 아이들이 거기에서 마음껏 놀고 있는 걸 보니까 분위기가 꽤 괜찮더라구요.

다음주부터 일하러 나가기로 했고, 어제는 원장님과 이사장님을 뵙고 왔습니다. 대단히 조용한 분위기의 착한 분들이라(원장님이 남자분이시고 이사장님은 여자분. 부부이신데 오랜 세월 다정하게 살아오셨다는 게 고스란히 느껴지는 인상) 오래 일할 수 있을 것 같은 예감이 듭니다. 어떻든 새로운 마음으로 긍정적으로 열심히 일해보기로 결심했어요. 모토지로도 꼭 성원해주세요.

오늘은 어쩐지 문체가 '입니다. 합니다'로 이어져서 딱딱하네, 그만둬야겠다. 아무튼 새해가 시작되었으니까 작년과는 다른 나를 만들래! 올해도 잘 부탁드립니다. 어휴, 역시 딱딱하다, 그치?

1월 7일
리리카

도오노 리리카에게

올해는 예년에 없이 눈이 자주 내려서 하코다테는 두툼한 눈의 이불 아래 잠들어 있다. 정월로 들어서자마자 2미터가 넘는 적설량을 보여서 교통이 마비될 정도였어. 어렸을 때는 눈이 많이 오면 학교가 쉬니까 너무 좋았지. 그런데 나도 이제 어른이 되었는지 요즘은 업무에 지장이 있을까 봐 너무 큰 눈은 내리지 않기를 빌게 되네. 그래도 홋카이도는 역시 눈 덮인 풍경이 가장 잘 어울려. 눈 덮인 도시가 정말 멋있다. 산정역에서 내려다보는 경치도 각별한 멋을 풍긴다.

방한복으로 온몸을 감싸고 내려다보는 세상이 너무 아름다워서 볼 때마다 탄성을 올리는 나날이다.

새해 복 많이 받아라. 하긴 벌써 2월이니 새해 인사치고는 너무 늦었지? 답장이 또 늦어져서 미안하다.

그러나 리리카에게는 벌써 봄이 찾아오는 듯한 기미가 역력하더라. 새 직장에서는 지난번에 일했던 경험을 살려 멋지게 해나가기를 빈다. 타인의 행복에 시선을 빼앗기지 말고 부디 너의 행복을 거머쥘 수 있도록 보람찬 나날이 되어야 해, 꼭. 너는 이제부터 시작이니까 서두르지 말고, 또 인생을 너무 삐뚤게 보거나, 원망하거나, 미워하거나, 샘내지 않기를! 그게 너에 대한 나의 작은 바람이야.

아버지의 건강은 어떠시냐? 지난번 편지에 그 얘기가 짧게 적혀 있었다만, 아마도 조용한 화해가 이뤄진 것 같던데? 그건 너도 이제 어른이 되었다는 뜻이야. 희생은 컸다만 이제는 용서하는 게 좋다고 생각해. 아버지와 새로운 부모와 자식으로서의 관계를 지금부터라도 하나둘 쌓아가면 좋겠지? 언젠가 지금 내가 한 말의 의미를 알게 될 때가 올 거라고 생각한다만, 아무튼 지금은 나를 믿고 아버지와 다정하게 지낼 수 있도록 애써줘. 분명히 그러기를 잘했다고 뒤를 돌아볼 때가 있을 테니까. 분명 그런 때가 올 거야.

혈연이란 대단히 소중한 거야. 사정이 있어서 함께 살지 못했다 해도 혈연에는 분명히 강한 유대감 같은 게 있어. 리리카가 아버지와 친해지자면 앞으로도 세월이 더 필요하겠지만, 언젠가는 틀림없이 만나기를 잘했다고 생각할 날이 올 거야.

내게도 피를 나눈 여동생이 있어. 나중에야 알았지만…… 그러나 지금은 그 아이와도 만날 수가 없구나. 사는 곳을 아니까 한번 찾아가서 만나보고 싶어. 하지만 지금 내가 안고 있는 문제가 너무 커서…… 후키의 일이 당장 내 앞에 닥친 큰일이고 게다가 어머니 문제도 그렇고, 아무튼 지금은 만나러 갈 수가 없구나. 부모의 사랑도 모른 채 자란 우리 오누이, 아마 만나기만 하면 대번에 친해질 거야. 그런데도 이렇게 선뜻 만나러 가지를 못하고 있다…….

그런 입장인 나로서는 네가 아버지와 화해하고 차츰 친해지는 게 정말 부럽기만 하다.

아버지도 중환자실에 실려갈 정도의 큰 부상을 입었으니 이제 톡톡히 그간의 보상을 치르신 셈이라고 생각해. 그토록 힘든 보상을 치렀으니까 이번에는 리리카가 용서해줄 차례겠지? 아니, 아버지가 해주신 보상보다 더 큰 것으로 갚아드려. 언젠가 마지막 순간에는 인간으로 태어나기를 정말 잘했다고 반드시 생각할 때가 있을 거야. 그래, 지금은 내 말을 반신반의하겠지만, 인간으로 태어나 한 세상 살았던 게 정말 큰 행운이었다고 언젠가는 꼭 흐뭇하게 돌아볼 때가 올 거야.

지금 이 편지를 후키의 병실에서 쓰고 있다. 침대 곁의 작은 테이블에서…… 인간은 저마다 다양한 인생을 살지만, 나는 내게 주어진 인생을 원망한 적은 없어. 번번이 '이제 더이상은 못하겠다'라는 절망감에 빠지기는 했어도 그럴 때마다 어디선가 목소리가 들려오는 것만 같아. 아니, 누군가 손을 내밀어준다고나 할까? 나는 항상 그 손에 망설임 없이 매달리곤 한다. 분명 이것이 신이라는 존재구나, 그런 생각을 해. 특별히 믿고 있는 종교는 없지만(신앙이 있었더라면 훨씬 더 편했을지도 모르겠다만), 그래도 기도는 자주 한다. 신앙은 없지만 기도는 한다는 게 이상하긴 하지만 사실이야. 특정한 하느님이나 부처님에 대한 신앙은 없지만, 뭔지는 몰라도 항상 내게 손을 뻗어주는 존재가 있다는 게 느껴지고, 언젠가부터 그 보이지 않는 상대에게 나 또한 손을 내밀어 매달리며 살아온 것 같아. 그래서 마음 저 깊은 곳에서 인간이나 내 처지를 저주한 적은 한 번도 없었어. 괴롭다는 생각은 했어도, 항상 이 괴로움조차 뭔가 의미가 있는 일이라고 생각하곤 했어. 자신을 격려하기 위해 그렇게 생각한 게 아냐. 정말로 그렇게 생각했었어. 그게 내게는 구원이었을 거야.

생각해보면 신앙심이 있는 사람이건 없는 사람이건 생명 있는 모든 것에게는 분명 우리 이상의 존재로부터 내밀어진 손길이 있을 거야. 그 손길을 깨닫고 그 손을 잡느냐 마느냐는 각자의 자유겠지만, 어떤 인간에게도 진정한 의미에서 불평등이란 없어.

평균 수명이 스물다섯인 사람들의 세계에도 행복이라는 것이 확실히 존재한다고 나는 믿는다. 평균 수명이 팔십인 세계에도 불행이 분명 존재하는 것처럼.

그러니까 나는 말야, 어떤 일에건 비굴해지지만은 않겠다고 결심했어. 그랬을 때 비로소 존엄한 존재를 느낄 수가 있거든. 그게 내 기도야. 무엇을 향한 기도인지는 나도 모르겠다. 그러나 기도란 단순한 숭배만은 아니야. 기도란 있는 그대로를 받아들이고, 있는 그대로를 들이쉬고 내쉬는 것, 세상에 온몸으로 안겨서 내게 주어진 인생에 감사하는 거야. 괴로운 일도 기쁜 일도 모두 저마다의 인생에 지극히 중요한 일이라는 걸 요즘에 깨달았어.

지금 아픈 사람 곁에서 간호를 하며 지새는 나날이지만, 나는 날마다 한순간 한순간이 빛으로 다가온다. 그래서 늘 하늘을 향해 고맙다는 말이 저절로 나와. 그리고 언젠가 나도 당신의 품안에 가겠다고 기도해. 하늘의 품안이라는 건 어디일까? 그건 잘 모르지만, 그래도 나는 하늘을 향해 그렇게 속삭이곤 한다. 성층권보다 더 먼 저끝 어딘가에 나를 받아줄 우주가 있을 거야. 그게 바로 하늘이 아닐까?

그러니까 크게 동요하지 않고 주어진 운명을 소중하고 성실하게 살아갈 수 있는 거겠지. 여기까지 깨닫는 데 엄청나게 시간이 걸렸어. 그러나 그것을 깨닫게 해준 사람이 후키이고 어머니이고 리리카, 너야. 모두에게 고맙다는 말을 전하고 싶다.

정말 모든 것에 감사한다. 오늘을 내게 주신 하늘의 존재에게.

2월 1일
나가사와 모토지로

추신 행복은 리리카, 네 손안에 있단다. 고맙다. 그리고 기억해두렴, 나는 항상 네 곁에 있다는 걸.

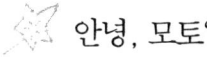 안녕, 모토?

 편지를 다 읽고, 내가 나라는 게 기뻤어. 난생 처음으로 느껴본 기쁨이었어. 지금껏 나는 항상 내 존재를 원망하고 저주했지만, 지금은 나 자신을 인정할 수 있어. 설명은 할 수가 없어도 알겠어. 이해할 수는 없지만, 그런데도 알겠어. 아마 내 존재를 인정한다는 게 원래 이런 거겠지?

 다시 한번 고맙다는 인사를 하고 싶어. 고마워, 모토.

 나, 아버지를 인정하고 싶지 않았어. 아버지라는 존재를 인정하지 않는 게 내 삶의 방식이기도 했거든. 뻗대는 게 내 전부였어. 그러나 이제는 그 사람의 재활 치료에 내가 먼저 솔선해서 참가하게 됐어. 시간이 있을 때마다 그 사람 집에 들러 가게 일도 도와주고 있어. 내가 이렇게 되리라고는 상상해본 적도 없어서 문득문득 창피한 생각도 든다니까. 그러나 그런 이론을 뛰어넘어 받아들이는 게 이제는 가능해. 분명 이건 모토와 나눈 편지를 통해 배운 것이라고 생각해. 이상한 말이지만(제발 웃지 마),

밝은 빛을 마주 보는 일에 이제야 익숙해졌어. 밝은 빛 속에 삶의 에너지가 넘친다는 것을 이제야 깨달았어. 검은 선글라스를 쓰고 뒷걸음질을 치며 살던 때가 거짓말 같아. 환한 햇살 속에 생생하게 튀어오르는 약동감을 순간 순간 느끼거든. 모토, 고마워. 모토가 말했던 하늘 저 너머의 누군가에게도 고맙구. 그건 은총이나 은혜 같은 거겠지? 살아 있는 모든 것들이 은총과 은혜를 받고 있다는 뜻?

잘은 모르겠지만 고마워. 오늘은 푹 잠들 수 있을 것 같아. 모토도 가끔은 자신의 영혼을 편안히 쉬게 하기를.

2월 4일
도오노 리리카

추신 아버지가 오늘, 자기 힘으로 걸음을 떼셨어. 영락없이 아기 걸음마였지만, 다시 태어난 것 같다면서 웃으시더라.

친애하는 나가사와 모토지로

 날씨가 따뜻해졌는데 홋카이도 쪽은 어때? 눈은 녹았어? 홋카이도를 두툼하게 덮고 있던 눈이 다 녹으려면 앞으로 얼마나 더 시간이 걸릴까? 나는 요즘 시간을 잘 모르겠어. 시간 감각뿐 아니라 계절 감각까지 둔해진 것 같아.

 모토지로는 요즘 어떻게 지내? 다시 모토지로에게서 답장이 끊긴 지 한참 된 것 같아. 그러나 리리카는 기다릴 테니까 언제 어느 때건 편지를 쓸 수 있을 때면 보내줘. 나는 내 페이스대로 계속 보낼 테니까. 모토와 후키노 님, 모두에게 행운이 있기를 이곳 도쿄 하늘 아래에서 기도할게.

봄

리리카

모토에게

  오늘은 혼자 영화를 보고, 혼자 쇼핑을 하고, 혼자 찻집에 들어가 내 앞으로 긴 편지를 썼어. 하지만 주소는 쓰지 않은 채 그 편지를 우편함에 넣고 혼자 집에 돌아왔어.

                                        3월 23일
                                            리리카

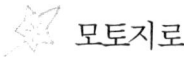 모토지로

답장해줘. 단 한 줄이라도 좋으니까 답장을 보내주면 안 돼? 부탁이야, 보내줘. 기다릴게, 모토가 건네주는 단 한마디의 따뜻한 말……

3월 25일

도오노 리리카

PS 보내줘.

모토지로, 어떻게 지내?

걱정돼. 정말로 걱정이 돼, 어떻게 지내는지. 모토에게서 온 마지막 편지를 꺼내 다시 읽어보고는 더 걱정이 되었어. 마지막으로 보낸 편지의 추신에 무언가 의미가 있었던 거야?

'그리고 기억해두렴, 나는 항상 네 곁에 있다는 걸.'

그게 무슨 뜻인 거야?

3월 28일
리리카

친애하는 나가사와 모토지로

내가 지금 어디 있는지 맞혀봐(힌트! 소인을 보시라).

딩동댕! 맞혔어! 나, 또다시 하코다테에 오고 말았어! 하루도 결근하지 않고 열심히 근무했던 덕분에 조금 긴 휴가를 받았거든. 그동안 고생해온 나 자신에게 작은 상을 수여한다는 의미에서 '내 맘대로 홋카이도 일 주일 여행길'에 올랐지 뭐야. 지금 막 하코다테에 들어선 참이니까 이제부터 여기저기 둘러보고 다닐 거야. 우와, 진짜로 와버렸다!

아침 비행기로 단숨에 날아왔어. 비수기인 탓인지 자리가 텅텅 비었던걸? 아직 눈이 하나도 녹지 않아서 온통 눈 덮인 경치! 정말 놀랐어. 며칠 전에 함박눈이 펑펑 내렸다면서? 진짜 홋카이도다워. 이제 며칠 있으면 4월인데 눈이라니!

이 편지는 스에히로 마을에 자리잡은 호텔 '뉴 하코다테'의 로비에서 쓰고 있어. 모토, 혹시 기억하는지 모르겠네, 언젠가 편지에서 다음에 꼭 하코다테를 안내해준다고 약속했었지? 그러나 부디 안심하시길. 요즘 병간호로 바쁜 모토에게 폐를 끼치지는 않을 거야. '내 맘대로 홋카이도 일 주일 여행'이니까 내일은 삿포로로 휙익 날아가버릴지도 모른다구.

그렇지만 케이블카는 꼭 한번 타보고 싶다.

3월 30일

도오노 리리카

PS 저녁식사를 어디에서 할까? 흐음, 초밥으로 해야지.

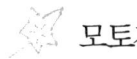 모토지로에게

 지금 나 자신을 믿을 수가 없어. 도대체 어떻게 해야 좋을지 갈피를 잡을 수 없는 마음으로 이 편지를 쓰는 거야. 낮에서 밤으로 건너오면서 세상이 한꺼번에 돌변해버렸어.

 당신은 대체 누구지? 정말 나가사와 모토지로라는 사람이야? 아니면 다른 이름이 있는 건지?

 오늘 오전에 케이블카를 타러 갔었어. 모토를 꼭 한 번 보고 싶어서. 먼 발치에서 모토가 건강하게 일하는 모습을 확인하기만 하면 말은 붙이지 않고 그대로 도쿄에 돌아갈 마음으로.

 산중턱역에서 오래 망설이고 또 망설이다가, 정말 몇 시간이나 구내를 어정거린 뒤에 마침내 결심을 하고 산정역으로 올라갔어(벌써 들어서 다 알고 있을까?). 산정역에 올라가서도 다시 한참 머뭇거리다가 겨우 용기를 내서 역원 아저씨에게 모토에 대해 물어봤어. 그런데 아저씨가 멀뚱한 표정으로 그런 사람은 이곳에 없다고 하는 거야(이게 무슨 일이지? 정말 어떻게 된 거야?). 깜짝 놀라서 그럴 리가 없다, 분명히 그런 사람이 있을 거라고 다시 물었어. 그랬더니 사무실로 가보자고 했고 좀더 높은 분이 나오셨는데, 그래도 역시 나가사와라는 이름의 역원은 지금은 물론이고 과거에도 없었대. 모토의 아버지일 만한 이름도 없었구. 설마…… 모든 게 거짓말?

모토, 내게 거짓말을 해온 거야? 지금까지 했던 얘기가 전부 다 거짓말이었어? 그렇다면 당신은 대체 누구지? 이게 정말 무슨 일이야?

하코다테 산에서 내려오자마자 더이상 망설이지 않고 모토의 집으로 가봤어. 언덕길의 중간쯤에 있는, 삼각 지붕을 머리에 인 예쁜 벽돌집. 벨을 눌렀지만 아무도 나오지 않았어. 해가 질 때까지 거기에서 내내 모토가 돌아오기를 기다렸는데 아무도 오지 않았어…….

문득 나가사와 모토지로라는 사람은 처음부터 없었을지도 모른다는 생각이 들었어.

주변 집들에는 다 불이 켜지는데 모토의 집만 조용하고 컴컴하게 가라앉은 게 마치 유령의 집 같기도 했어.

모토지로, 당신은 대체 누구지?

더이상 참을 수가 없어서 대문 곁의 우편함을 엿봤지만 그것만으로는 답답함이 풀리지 않아서 속까지 뒤져봤어.

우편함 안은 온통 내 편지로 가득하더라. 그저께 보냈던 편지도 그 속에 함께 섞여 있었어. 가장 오래된 게 2월 4일자 소인이 찍힌 것…….

전기요금 청구서도 있었는데, 나가사와 후키노라고 적혀 있었어. 후키노라니, 바로 그 후키노 씨야? 영문을 모르겠어. 벌써 결혼한 거야? 분명 청구서에는 나가사와 후키노라고 적혀 있었어. 어떻게 된 일이야?

지금 호텔 방에서 너무 피곤해 엎드린 채로 이 편지를 쓰고 있어. 이제 어떻게 해야 되지? 모토, 당신은 실제로 이 세상에 존재하는 사람이긴 해? 아무튼 모토를 꼭 만나야겠어. 만나서 지금까지 나를 격려해준 데 대해 고맙다고 해야 하니까.

부디 연락해줘. 그리고 진실을 가르쳐줘. 그게 어떤 진실이건 나는 이제 그다지 동요하지 않을 자신이 있으니까.

3월 30일
도오노 리리카

PS·PS 내일 아침에 이 편지를 우편함에 넣고 다시 한번 모토의 집에 찾아가볼래. 근데 지금 이 편지를 읽는 당신은 누구지?

나가사와 모토지로에게

오늘 마지막 비행기편으로 도쿄에 돌아가기로 했어. 결국 모토는 만나지 못했네. 어제 용기를 내서 모토의 옆집으로 찾아가 봤어. 알지, 기야마라는 분? 정말 기품 있는 아주머니셨어. 첫 말을 어떻게 꺼내야 좋을지 몰라 궁리 끝에 이웃에 사시는 분은 내내 집에 안 계시냐고 물어봤어.

대번에 그 아주머니의 안색이 변하더라. 뭔가 의아한 눈초리로.

나는 당황해서 모토의 오래된 친구라고 얼른 둘러댔지만. 안심하라구, 후키노 씨 얘기를 한 건 아니야(그러나 이제야 생각해보니 후키노 씨의 존재도 수상하네. 아니, 의심하는 건 아니야. 그저 혼란스러울 뿐). 그리고 펜팔 친구라는 소리도 하지 않았어. 공연히 꼬치꼬치 물으시면 곤란할 것 같아 나도 나름대로 열심히 연기를 했다구. 모토가 케이블카 회사에서 일한다고 내게 거짓말을 한 얘기도 안 했어. 모토의 뒷조사를 하러 간 건 아니었으니까. 그런 얘기는 이제 곧 모토의 입을 통해 직접 듣고 싶어. 어제는 그저 모토가 실제로 존재하는 인물이라는 확인만 하면 그걸로 충분했어.

옆집 아주머니는 가족 모두 줄곧 병원에 계신다고 하더라. 거기까지 듣고 나는 더이상 쓸데없는 질문을 해서는 안 될 것 같았어. 후키노 씨의 병간호 때문에 요즘은 거의 병원에서 지내는 모양이지? 분명 그럴 거라고 생각해. 그렇다고 말해줘……

옆집 아주머니는 모토의 존재를 인정했어. 나는 그것만으로도 만족해. 이제 그만 돌아갈래. 더이상 모토의 주변을 얼쩡거리는 건 좋지 않을 것 같아.

케이블카 회사에 관한 일은 마치 여우에 홀린 것 같지만 그것도 더이상 캐지 않을래. 그런 건 별로 중요한 게 아니니까. 뭔가 이유가 있어서 거짓말을 할 수밖에 없었겠지.

감정을 미처 정리하지 못한 편지네. 그래도 이대로 우편함에 넣고 돌아갈래. 편지라는 거 정말 이상해. 한자 한자 쓰다보면 가슴속에서 모락모락 피어오르던 몹쓸 감정이 서서히 풀려버리니까. 이제는 모토와 마주 앉아 한바탕 이야기라도 나눈 듯한 기분이야.

도오노 리리카

친애하는 모토지로

지금 하코다테 공항에 와 있어. 너무 일찍 도착하는 바람에 공항 레스토랑에 들어와 비행기 시간을 기다리다 이 편지를 쓰는 거야.

여태까지 모토에게 편지를 몇 통이나 받았는지 헤아려봤어. 그런데 그 대부분이(아니, 전부 다) 거짓말 편지더라. 모토는 케이블카 회사에서 근무하지 않았어. 편지를 주고받기 시작할 때 절대로 거짓말은 하지 말자고 약속하지 않았어? 그래서 나는 내 마음속까지 다 남김없이 진실만을 편지에 써왔는데. 그런데 모토지로는 전부(일까?), 아니, 아무리 봐줘도 거의 대부분이 거짓말이었어. 내내 거짓말을 해왔어. 무슨 사정이 있었던 거야? 그래도, 아무리 그래도 이해할 수가 없잖아. 단 한 가지라도 거짓말이 섞이면 그걸로 끝인 거 아닌가? 왜 거짓말을 해야 했는지 알고 싶어.

모토에게 받았던 편지들을 하나하나 되짚어 생각해보니 정말 어안이 벙벙해질 뿐이야. 하코다테 산정의 벌판에서 보았다는 별이 총총한 하늘 이야기. 그것도 거짓말이었나? 그 거짓말에 감동까지 해서 나는 정말로 오키나와까지 먼 여행을 다녀왔다구. 그 거짓말에 깜빡 속아서 나는 마치 최면술에라도 걸린 것처럼 마음이 편해졌었어……

모토가 수학여행 온 학생들을 안전하게 안내하는 모습이며, 케이블카를 운전하는 모습 같은 게 내 머릿속에 이렇게 뚜렷하게 만들어져 있는데…… 제복 차림으로 산정역에 우뚝 서 있는 모토까지 내 머릿속에 이렇게 뚜렷하게 그려져 있는데, 그런데 그게 전부 거짓말이었다니! 한 번도 만난 적은 없지만 그 웃는 얼굴까지 똑똑하게 내 마음속에 그릴 수 있는데…….

대체 어디까지가 사실이야? 정말 이상하기 짝이 없어. 모토가 무엇 때문에 나한테 거짓말을 하지?

그러나 지금은 서두르지 않을래. 지나치게 서두르다가 나도 모르게 모토를 비난해서 단 하나뿐인 친구를 잃을까 봐 너무 두려워. 그러니까, 언제라도 좋으니까, 언제든 괜찮으니까 거짓 없는 얘기를 내게 해줘. 어떤 얘기라도 놀라지 않을 테니까.

후키노 씨 얘기도 거짓말? 아아, 모르겠어. 정말 온 세상을 다 믿을 수 없는 기분이야.

4월 1일

도오노 리리카

PS 단 한 번의 답장이라도 좋으니까 부디 거짓 없는 얘기를 들려줘.

밤샘한 빨간 눈의 토끼

언젠가 또다시 네게서 편지를 받을 듯한 예감이 든다.
그 편지의 첫마디는 당연히 '안녕, 모토?' 겠지? 너의
동글동글하고 귀여운 글씨로 건네주는 인사…….

친애하는 모토지로

한 달 가까이 편지를 쓰지 않았더니 그새 편지 쓰는 법도 잊었나 봐요. 인사말도 글씨도 왠지 어색합니다. 나는 새 직장에 완전히 적응해서인지 전에 다니던 어린이집과는 딴판으로 즐거운 나날을 보내고 있어요. 무엇보다 이곳에서는 누구를 따돌리는 일이 없이 모두 친절하게 대해주시고 선량한 분들뿐입니다. 간혹 아이의 부모님 중에 문제가 있는 사람도 있지만, 신경 쓰일 정도는 아니에요. 잘 해내고 있습니다!

지난번과 마찬가지로 네 살의 아이들을 맡았습니다. 지금 한창 말을 배울 때라서 정말 순진하고 귀여워요. 하루하루가 신이 나서 저절로 씩씩하게 일하게 돼요.

물론 아이의 아버지와 묘한 관계가 되는 일 따위는 전혀 없어요. 걱정하지 말아요. 아버지하고도 아주 잘 지내고 있으니까. 요즘 들어 아버지라는 호칭을 이따금 쓰게 돼요. 왠지 부끄러워서 되도록 직접 부르는 걸 피하기는 하지만. 재활 치료를 곁에서

부축해주던 때였는데 그 사람이 병원 계단에서 넘어지려고 하는 바람에 나도 모르게 "아버지!"라고 큰 소리로 불렀던 게 맨 처음이었어요. 둘 다 겸연쩍어서 한참 동안 아무 말도 하지 못했지만요. 그러나 그때 튀어나온 아버지라는 말이 내 몸속에 남아 있던 악의를 뿌리까지 걷어내줬습니다.

얼마 전이었다면 그런 내 마음에 대해 저항감을 느꼈겠지만 지금은 괜찮아요. 시간에 감사할 따름입니다. 나도 조금은 어른이 되었나 봅니다.

보고할 게 또 하나 있어요. 이 얘기는 병간호로 힘든 나날을 보낼 모토에게 말하기가 미안하네요. 그렇지만 진실이니까 이야기할게요. 모토가 축하해준다면 정말 좋겠습니다. 사실은 연인(아직 정식 연인이 아니고 그 비슷한 단계. 아직 손도 안 잡았다구요)이 생겼습니다. 다섯 살 반을 맡고 있는 선생님이에요. 어린이집에서는 정말 드물게 남자 선생님. 이름은 안도 마사히코, 나보다 한 살 많아요. 처음 봤을 때는 내 타입은 아니었어요. 어딘지 불쌍해 보인다고 할까, 평생 가난하게 살 것 같은 얼굴이라서 별로 관심이 없었죠. 그런데 어느 순간, 그래요, 정말 어느 한 순간에 내게 따뜻하게 대해주는 게 마음에 와닿는 거예요. 그게 언제였는지 모르겠네. 그래, 사다리 위에 올라가 어린이집 벽에 놀이 장식을 붙이던 때였는데 그가 성큼 다가와서 사다리를 붙

잡아줬어요. 그냥 자연스러울 수도 있는 행동이었는데, 위에서 내려다본 그의 얼굴이 정말 성실하게 보였어요. 그래서 그만 사랑하게 되었나 봐요. 이런 느낌은 처음이라서 어디에서 어떻게 시작된 감정인지 몰라 뭐라고 말로 표현이 잘 안 됐는데 다행히 그쪽에서 먼저 사귀고 싶다고 해주는 거예요. 퇴근하는 길이었던 것 같은데 맞아요. 건널목에서 기차가 지나가기를 기다리고 서 있을 때 갑자기 그런 얘기를 하는 바람에 나도 모르게 선뜻 좋다고 해버렸습니다.

앞으로 어떻게 될지 모르겠지만 가슴이 두근거린 건 처음이니까 나로서는 상당한 진보라고 생각해요. 그는 진짜 착한 사람이에요. 요즘 여러 가지로 크게 도움을 받아요. 만나서 정말 다행이라고 느껴지는 사람이에요. 만나서 정말 다행인 사람. 이건 모토지로에게도 딱 어울리는 말이에요……

모토지로에게서 편지가 오지 않은 지 꽤 오래되었지만 그래도 건강하게 후키노 씨 곁에서 병간호를 하고 있을 거라 믿습니다. 그런 모토지로를 위해 '나는 이제 괜찮아, 건강하게 잘 지내'라는 말을 꼭 전해주고 싶었어요. 조금이라도 모토지로의 마음을 편하게 해주고 싶어서요. 모토의 무거운 짐을 조금이라도 덜어주려구. 난 괜찮아요. 리리카는 이제 괜찮아요. 그보다 모토지로가 괜찮은지 걱정이에요. 지금까지 내게 준 것을 조금이라도 갚아주고 싶은 마음이 간절해요. 그러니까 언제라도 괴로울 때는 편지해요. 모토지로처럼 따뜻하게 격려해줄 수 없을지도 모르지만, 그래도 내가 할 수 있는 한 힘껏 답장할 테니까요.

우리 어린이집은 햇빛이 가득하고 일하는 보람이 새록새록 느껴지는 곳입니다. 천진무구한 아이들을 대하는 직업을 가졌다는 게 너무나 행복해요. 와우, 세상에! 내가 이렇게 거침없이 행복이라는 말을 쓰다니! 이것도 성장의 증거겠죠? 다음달에 리리카는 만 스무 살이 돼요. 스무 살 성인으로서 부끄럽지 않은 인생을 보낼게요. 모토, 멀리서나마 나를 지켜봐주세요.

4월 25일
리리카

추신 벌써 스무 살이라니! 그동안 정말 아무것도 모른 채 인생을 흘려보내고 말았습니다. 어제, 난생 처음 머리를 염색했어요, 옅은 갈색으로. 살짝 어른이 된 듯한 기분! 안도 마사히코 선생님과의 첫 데이트는 디즈니랜드로 정했습니다. 다음주 일요일에 조카들(4세, 6세, 8세로 누나의 아이들이래요)을 데리고 다녀올게요. 첫 데이트 얘기는 다음 편지에 또 적어보낼 테니까 기다려주세요.

밤샘한 빨간 눈의 토끼

친애하는 나가사와 모토지로

송골송골 땀이 맺히는 계절이 왔습니다. 어떻게 지내나요?

어린이집에서 보내는 하루하루는 정말 일도 많고 탈도 많지만 스스로도 믿어지지 않을 만큼 명랑하고 착실하게 일하며 지내고 있어요. 어제는 한 아이가 갑자기 고열이 나서 구급차를 부르고 한바탕 난리를 피웠는데, 오늘 아침에 그 아이가 말짱한 얼굴로 아버지 손을 잡고 나왔습니다. 아이들이란 정말 예측불허라니까요. 그게 무지 재밌긴 하지만요.

그때 이후로 편지가 전혀 오지 않네요. 내가 미리 연락도 하지 않고 모토의 집에까지 찾아가서 화가 났나요? 그게 아니면 후키노 씨에게 뭔가 중대한 변화라도 있었어요? 어쩐지 이제 다시는 모토지로에게서 편지가 오지 않을 것만 같습니다.

모토지로가 이제 다시는 편지를 하지 않겠다고 결정했다면, 나는 그것도 괜찮습니다. 나도 이렇게 새 출발을 하게 되었으니까요. 모토지로, 이제 편지 해주지 않아도 괜찮아요. 항상 모토의 도움만 받았었지만 이제 혼자서 어떻게든 꾸려나갈 자신도 생겼고요.

모토지로와의 관계가 이대로 끝난다는 건 너무나 섭섭하지만, 인생이란 분명 이런 것이겠죠? 만남과 이별의 반복. 내가 이렇게 근사한 말을 하다니, 인생이란 정말 재미있는 것 같습니다(진짜 우습죠? 그치만 즐거워요).

우리가 나눴던 기나긴 편지들이 결국 내 쪽에서의 일방통행으로 끝을 맞이하게 된 건 조금 유감이지만, 언젠가 다시, 그저 심심풀이라도 좋아요. 문득 누구에겐가 편지를 하고 싶을 때는 망설이지 말고 리리카에게 보내주세요.

모토지로 씨를 결코 잊지 않을 거니까. 절대로 잊지 않을 거예요. 절대 잊을 수 없어. 지금까지 정말 고마웠어요. 그럼 부디 건강하고, 어머님께도 안부 전해주세요. 항상 몸조심하고 자신을 소중히 해주세요.

5월 15일

도오노 리리카

PS 역에서 어린이집까지 가는 가로수 길은 나무가 우거져 상쾌하고 시원합니다. 매일 가슴을 쭉 펴고 그 길을 걸어요. 나

뭇잎들이 나를 위해 잘랑잘랑 웃어주는 것 같아서 항상 힘이 난다니까요. 안도 선생님과도 그럭저럭 잘 지냅니다. 맨날 토닥거리지만.

  나, 꼭 열심히 살게요. 고마워요, 모토지로.

도오노 리리카 씨께

처음으로 서신을 올립니다. 저는 나가사와 모토지로의 어미 되는 나가사와 후키노라고 합니다. 갑작스런 편지에 크게 놀라실 것으로 짐작됩니다만, 부디 모토지로를 위해서라도 이 글을 마지막까지 읽어주시기 바랍니다. 모토지로에게 보내주신 도오노 리리카 씨의 지난번 편지를 읽어보고 저는 많은 생각을 했습니다. 이대로 아무 연락도 하지 않는 게 좋겠다는 생각도 했습니다. 그러나 모토지로의 사진을 보고 있자니 마지막 순간까지 도오노 리리카 씨를 걱정하던 모토지로가 자꾸만 어른거려서 역시 모토지로의 죽음을 알려드리는 게 옳겠다고 생각하게 되었습니다. 이 소식을 전해드리는 것이 제가 할 도리라고 결심을 했습니다.

저의 외아들 나가사와 모토지로는 올해 3월 초순에 그 짧은 생을 마쳤습니다. 지금 이렇게 도오노 리리카 씨에게 진실을 알려드리려고 하니 현실의 잔혹함과 고통스러움에 가슴이 찢어지는 듯합니다.

무슨 말부터 해야 좋을지요. 리리카 씨도 아시는 바와 같이 모토지로는 케이블카 회사에서 근무하지 않았습니다. 그건 모두 만들어낸 얘기입니다. 그리고 저는 도오노 리리카 씨가 보내주신 편지를 입원중이던 모토지로에게 가져다주는 역할을 했습니다. 때로는 시력이 좋지 않을 때도 있어서 그 아이 대신, 정말로 죄송하다는 생각을 하면서도 리리카 씨가 보내준 편지를 소리내어 읽어준 적도 있었습니다. 그러나 부디 오해가 없기를 바라는 마음에서 드리는 말씀입니다만, 편지가 오가던 초기부터 읽어준 것은 아닙니다. 작년 연말에 온 편지 몇 통, 그리고 올해 초에 보낸 편지 몇 통만 읽어줬습니다. 모토지로가 제 힘으로 편지를 읽을 수 없게 된 이후의 편지 외에는 읽지 않았고, 또 모토지로가 세상을 뜬 뒤에 보내주신 편지만 읽었을 뿐입니다.

모토지로는 내게든 누구에게든 함부로 리리카 씨의 편지를 보여준 적이 없었습니다. 그러나 내가 읽어주지 않으면 달리 편지를 읽을 방도가 없었을 때, 비로소 내게 읽어달라고 부탁했던 것입니다. 그러므로 두 사람이 주고받은 편지의 내용에 관해서는 저는 자세히는 모릅니다. 그 편지들에 관한 한 아직도 리리카 씨와 모토지로만의 세계로서 소중하게 지켜지고 있습니다.

또 모토지로는 내가 대필해주겠다는 부탁도 결코 받아들이지 않았습니다. 마지막 순간까지, 손에 힘이 없어 펜을 잡을 수 없게 된 그 마지막 순간까지 모토지로는 자기 힘으로 편지를 썼습니다. 그래서 나중에 보낸 편지들은 글씨가 상당히 이상하겠지만, 간호사가 권해준 워드프로세서조차도 막무가내로 사용하지 않겠다고(워드프로세서는 따스한 온기가 전해지지 않아서 안 된다고 한사코 고집을 피웠습니다) 편지 한 통을 쓰는 데 사나흘이 걸리기도 했습니다.

이제부터 진실을 모두 말씀드리기로 하겠습니다. 그러나 이것은 모토지로의 뜻은 아닙니다. 그저 이대로 침묵할 수도 있었습니다만, 역시 리리카 씨에게는 알 권리가 있다는 제 생각에서 이제부터 모토지로 대신 진실을 밝히고자 합니다. 가장 먼저 고백해야 할 것은 모토지로가 리리카 씨의 친오빠라는 사실입니다. 모토지로와 리리카 씨, 두 사람은 피를 나눈 오누이입니다. 리리카 씨의 어머니(즉 모토지로의 친어머니)는 리리카 씨를 낳자마자 숨을 거두셨습니다. 그런 슬픈 운명을 어떻게 표현해야 좋을지 모르겠고, 제가 말이 부족해서 리리카 씨의 가슴을 아프게 했는지도 모르겠습니다만, 부디 돌아가신 어머님에 대한 나의 미숙한 표현을 나름대로 적절하게 고쳐서 받아들여주시기 바라마지 않습니다.

부인을 잃은 리리카 씨의 아버지 하스이 아키히코 씨는 그 직후에 사업을 할 기력을 잃은데다 불행하게도 큰 사기까지 당해

하룻밤만에 무역 회사가 파산할 지경에 이르렀습니다. 본디 해산물 관계의 사업이었는데, 도쿄 사람이 타지에서 사업을 벌인 탓도 있어서 이쪽에는 그다지 아는 이들이 없었습니다. 저와 저의 타계한 남편이 유일하게 사업상 서로 알고 지내던 사이였지만, 그나마 그다지 절친하다고 할 만한 사이는 아니었습니다.

그런 가느다란 인연으로 하스이 아키히코 씨는 우리 집에 모토지로를 맡겨둔 채 그 길로 행방을 감추게 되었지만, 우리 부부라면 모토지로를 행복하게 해줄 거라 생각했을 거라고 짐작할 뿐입니다. 빚쟁이들에게 쫓기는 몸이던 하스이 씨는 어린 리리카 씨만 데리고 도쿄의 친척집으로 도망쳤습니다. 우리는 잠시 모토지로를 맡아 돌봐주었지만 우리 또한 사정이 여의치 않아 육아원에 맡길 수밖에 없었습니다. 항상 마음에 걸려 이따금 살그머니 보러 가기도 했지만, 그렇다고 우리가 거둬줄 만한 형편이 못 되었습니다. 우리 역시 하스이 씨의 회사가 도산한 여파로 먹고 살기가 힘들어졌기 때문입니다. 그러나 그 한참 뒤에 우리 부부에게는 아이가 생기지 않는다는 것을 알게 되었고, 그러자 남편은 모토지로를 우리 자식으로 거두면 어떻겠느냐고 했습니다. 나도 찬성이었습니다. 모토지로는 순진하고 착한 아이였고 어려운 때에 맺어진 인연도 있었기 때문입니다.

그러나 모토지로가 자라는 도중에 남편은 병사하였고, 저는 그 아이와 둘이서 살게 되었습니다. 성인이 된 모토지로는 하코다테 시청의 관광과에서 근무하게 되었지만, 그 행복도 길게 가지는 못했습니다. 어느 날, 그 아이의 몸에 이상이 생겼고 불치의 병에 걸렸다는 것을 알게 된 것입니다. 모토지로가 스물두 살 되던 해 여름의 일이었습니다.

그때 저는 그 아이에게 진실을 알려주기로 결심했습니다. 남은 인생이 별로 길지 않은 터인지라 본인이 스스로 선택할 기회를 주어야 한다고 생각했기 때문입니다. 그래서 투병 생활을 시작한 모토지로에게 친아버지와 누이동생이 있다는 사실을 알려주었습니다.

모토지로는 처음에는 그저 멍하니 듣기만 했으나 차츰 사실의 심각함을 깨달은 듯했습니다. 그날부터 갖가지 방법을 동원하여 친아버지와 누이를 찾기 시작했습니다. 나도 기억나는 대로 하스이 씨와 관련된 사람들을 찾아다니며 그 자취를 더듬어봤습니다. 그 범위가 점차 좁혀져서 우선 친아버지가 사는 곳을 알게 되었습니다. 뒤를 이어 친아버지가 사는 곳과 별로 멀지 않은 육아원에 리리카 씨가 살고 있다는 것도 알게 되었습니다. 그때 중간에서 정보를 제공해주신 분이 별빛 육아원의 미하라 노리코 선생님이었습니다. 미하라 선생님에게 리리카 씨가 바로 며칠 전에 자살을 기도했었다는 얘기도 함께 들었습니다. 모토지로는 그런 소식을 듣고 무척 고민했습니다. 그리고 아버지와의 재회보다도 우선 불행의 그늘에 빠진 누이동생부터 구해주기로 결심하게 된 것입니다.

그렇지만 자신이 오빠라고 나설 수는 없었습니다. 오누이가 감격스런 재회를 한다 해도 그 오빠가 몇 년 뒤면 세상을 뜨게 될 터이니 그보다 더 잔인한 일은 없었기 때문입니다. 고육지책으로 생각해낸 것이 편지라는 수단이었습니다. 편지로 줄곧 격려해서 죽음으로 도피하려는 리리카 씨를 구해주고자 한 것입니다. '절대 만나지 않는다, 서로 진실만을 주고받는다'라는 약속도 모토지로의 고통스러운 처지를 감추기 위해 고안해낸 것입니다.

모토지로는 자신의 죽음이 임박한 시점이 되었을 때 이 편지 왕래를 끝내려고 했던 모양입니다. 그리고 자기 나름대로 최선을 다해 누이동생을 행복하게 해줘야 한다고 항상 다짐했습니다. 그것이 그 아이가 할 수 있는 인간으로서의 마지막 역할이라고 굳게 믿는 것 같았습니다. 또한 그것이 그 아이의 남은 인생을 지탱해준 힘이기도 했습니다.

모토지로에게도 아버지 하스이 아키히코 씨는 자신을 버린 아버지였습니다. 그런 아버지에 대해서보다 같은 처지로 살아온, 아니 자신보다 못한 환경에서 살았고 지금도 그런, 한 번도 만나보지 못한 누이동생에게 더 마음이 쓰여서 조금이라도 좋은 곳으로 이끌어주고 싶었던 게지요. 그것이 오빠로서 해줄 수 있는 유일한 일이라고 그 아이는 생각했을 겁니다. 리리카 씨를 힘껏 격려해주는 건 또한 그 아이 자신을 격려하는 일이기도 했습니다.

그리고 얼마 후에는 후키(이미 아셨겠지만, 제 이름인 후키노를 사용한 것입니다)라는 공상의 인물을 만들어냈습니다. 그 후키가 바로 모토지로, 그 아이 자신이었습니다. 그 아이가 보낸 편지를 다시 한번 처음부터 읽어보시면 다 이해하실 수 있을 것입니다. 후키가 입원했다, 쓰러졌다 하는 편지는 말하자면 그 아이가 수술을 받거나 병상이 악화되어 고통스러워하던 때입니다. 그 아이의 글씨가 갈수록 험해졌던 것은 손을 제대로 쓸 수 없게 되었을 때입니다. 작년 연말의 후키의 목 절개수술이라는 것도 모토지로 자신이 받은 수술이었습니다.

2월 1일에 쓴 편지가 마지막 편지였습니다. 몇 차례나 고치고 또 고쳐가며 쓴 편지였습니다. 그 편지만은 내가 아주 일부분을 대필해주었습니다. 그러니까 그 편지는 그 아이와 어미인 저, 둘이서 쓴 편지입니다. 그 아이와 이인삼각으로 썼던 유일한 편지였습니다. 그 아이와 제가 흘린 눈물이 그 하얀 편지지를 수없이 적셨습니다. 그때마다 저는 편지지가 더러워지지 않도록 수없이 훔쳐내지 않으면 안 되었습니다.

그 편지를 쓰는 것으로 그 아이는 마지막 삶의 불을 모두 태웠습니다. 그후 리리카 씨로부터 온 편지에는 눈물만이 그 아이의 유일한 응답이었습니다. 리리카 씨를 끝까지 지켜주지 못하는 자신의 무력함에 이따금 슬픔을 견디지 못하고 몹시 울곤 했습니다.

그 눈물만이 그 아이의 마지막 의지였습니다.

모토지로는 리리카 씨를 격려하는 가운데 인생의 막을 닫았습니다. 그러나 그것은 그 아이가 처한 혹독한 불행 중에서도 행복한 시기였다고 저는 생각합니다. 리리카 씨와 편지를 주고받는 것 때문에 그 아이는 비로소 살아야 하는 이유를 찾을 수 있었습니다. 마지막 순간에는 행복한 얼굴로 먼 길을 떠났습니다. 다정한 웃음을 머금고 이 세상을 떴습니다.

끝까지 읽어주셔서 감사합니다. 부디 리리카 씨는 남은 인생을 모토지로의 몫까지 행복하게 살아주시기 바랍니다.

만일 하코다테에 오실 기회가 있다면 꼭 한 번 모토지로의 무덤에 들러주시기 바랍니다.

5월 20일
나가사와 후키노 올림

추신 동봉한 것은 모토지로가 임종 무렵에 쓴 것으로 보이는 편지입니다. 보시는 바와 같이 저는 이 편지를 개봉하지 않아서 정확하게 언제 쓴 것인지는 모르겠습니다. 이 편지는 모토지로가 항상 소중하게 지니던 가방 속에서 사후에 발견되었습니다. 항상 하던 대로라면 편지를 쓴 그날로 제게 부쳐달라고 했을 터인데, 어째서 그렇게 깊숙이 간수해두었는지는 아직도 모르겠습니다. 봉투를 뜯어 안의 편지를 읽어보고 싶은 마음도 간절했습니다만, 그 아이의 마음을 존중해주는 뜻에서 그러지 않았습니다.

 모쪼록 죽은 제 자식, 모토지로의 마음이 담긴 편지를 소중히 받아주신다면 저 또한 기쁘겠습니다.

친애하는 도오노 리리카

너와 편지를 나누기 시작한 뒤로 얼마나 세월이 흘렀는지 아니?

이제 곧 두번째 크리스마스를 맞이할 거야. 이렇게 길게 편지가 이어질 줄은 실은 짐작도 못했었다. 나는 매사에 별로 끈기가 없는 성격이라서 어떤 일을 해를 넘겨가며 계속한 건 이번이 처음이야. 더구나 만난 적도 없는 사람을 격려하고 위로해주다니, 누구보다 나를 잘 아는 나 자신으로서는 정말 놀라지 않을 수 없다. 정말 우리 둘의 편지는 참 오래도록 이어졌구나. 난생 처음 개근상 받을 일을 한 셈이야. 흐음, 너도 그렇다고?

돌아보니 나에게도 너에게도 일 년 남짓한 기간 동안 정말 많은 일들이 있었구나. 내가 좋은 충고자 역할을 해냈는지 어떤지는 모르겠다만, 네가 나와 알게 된 것을 후회하지 않는다면 나는 그것만으로도 정말 흐뭇하다.

너는 어떤지 모르지만 나는 너와 편지를 나누면서 그야말로 헤아릴 수 없을 만큼 많은 것을 얻었어. 너와 이렇게 편지를 주고받을 수 있었기 때문에 나는 내 인생에서 말로 표현할 수 없을 만큼 크나큰 수확을 얻었다. 이 점은 정말 네게 고마워해야 할 부분이지.

그러나 모든 일에 시작이 있듯이 언젠가는 끝이라는 것도 있겠지? 끝이 있어야 그 끝으로부터 새로운 생각도 생기고 새출발도 가능한 거야. 그러니까 끝이란 건 결코 마지막은 아니라고 생각해. 끝난다는 건 시작하는 것이기도 해. 그래, 학교를 졸업하는 것 같은 끝도 있잖니? 졸업이란 새로운 길을 향한 출발이지. 우리의 편지도 이제 그런 시기를 맞이하게 된 것 같다. 이대로 편지 왕래를 지속한다면 우리 두 사람은 서로 의존하게 될 위험성이 있어. 너는 내게 진실을 밝히는 것으로 모든 게 해결된 것처럼 안심해버릴 수도 있겠지? 나 역시 마찬가지야. 네 진실을 듣는 것만으로 그저 모든 것을 다 알아버린 듯한 생각이 들곤 하니까. 또 후키의 얘기를 네게 밝힌 것으로 나는 내심 공상적인 카타르시스를 얻곤 한다. 그건 바로 눈앞의 현실을 속이는 행동이야. 편지지에 고통을 글로 적어나가면서 지금 이 순간을 속이는 거지.

서로 진실을 나누는 단계에서 조금 더 나아가 진실을 올바른 방향으로 변화시킬 수 있는 관계가 되어야 하지 않을까? 서로 아무런 거짓 없이 생각을 나눈다는 건 물론 좋은 일이지만, 꼭 참말만이 옳은 건 아니야. 참말 속에도 잘못이 있을 수 있고 감정적인 사치나 착각, 지레짐작 같은 것이 포함되어 있지. 그것을 바로잡는 사이가 되어야 하는데, 어느샌가 우리는 서로에게 지나치게 익숙해진 것 같구나. 아니, 나 혼자만 그렇게 느끼는 건지도 모르겠다. 그러나 서로 단순히 다 보여주기만 해서는 어떤 변화도 일어나지 않을 거야. 즉, 우리의 관계는 일종의 포화 상태에 이르렀다고 할 수 있어.

우리 잠시 편지를 중지하고 서로의 인생을 각자의 힘으로 다시금 직시해보는 시간을 갖는 게 어떻겠니? 우리에게는 그런 시간이 필요하다고 생각한다.

이별이란 언젠가는 반드시 오게 마련이야. 그러니 우리는 그 이별이란 것이 찾아오기 전에 우리 손으로 이 아름다운 편지에 상쾌하게 종지부를 찍는 게 좋을 것 같다. 이별에 떠밀리는 것이 아니라 우리 손으로 막을 내리는 거야. 리리카도 나도 이곳을 졸업하고 새로운 세계로 여행을 떠나야 해. 그게 우리 두 사람에게 지극히 중요한 일이라고 생각하는데, 리리카, 네 생각은 어떠니?

펜팔을 끝내자고 제안하는 참뜻을 부디 오해하지는 말아줘. 이건 절대로 영원한 이별이 아냐. 우리의 만남을 좀더 아름다운 것으로 가꿔가기 위한 하나의 단계일 뿐이야. 잠깐의 휴식이라고 하는 게 더 좋겠다. 서로 성큼 성장한 뒤에 다시 만나는 때가 분명 또 올 테니까.

일체의 형식적인 만남 없이 편지만을 통해 차곡차곡 쌓아온 우리의 우정은 앞으로도 영원하겠지? 나는 네게 언제라도 다시 편지를 할 수 있어. 이건 만약인데 말이야, 내가 만약 몹쓸 병이 들어 죽는다 해도 나는 분명 네 기억 속에 계속 살아 있을 거야 (뭐라고? 그야 물론 그 반대의 경우도 있겠지).

우리 두 사람은 그야말로 순수한 공통의 시간을 경험했어. 한 번도 만난 적이 없는데도 우리 두 사람은 똑같은 고통과 슬픔을 공유할 수 있었어. 그래서 펜팔이 끝나더라도 우리 두 사람의 관계가 훼손되거나 소멸하는 일은 결코 없으리라고 믿는다. 그럼, 믿고말고!

언젠가 또다시 네게서 편지를 받을 듯한 예감이 든다. 그 편지의 첫마디는 당연히 '안녕, 모토?' 겠지? 너의 동글동글하고 귀여운 글씨로 건네주는 인사……

이 제안을 네가 받아들여주기 바란다. 그건 네가 인간적으로 크게 성장했다는 증거이기도 해. 내게 의존하지 않아도 자기 힘으로 살아갈 자신이 있다는 뜻이니까. 부디, 부디 지금까지 해왔던 대로 더욱더 네가 당당하게 어른으로 성장해가기를 나는 혼자 가만히 기도하마.

고맙다. 길고도 짧았던 우리의 시간들, 마치 오누이처럼 아름다웠던 우리의 관계에 감사한다.

12월 18일

나가사와 모토지로

PS 요즘 창문 너머로 저녁 노을을 바라보면 왠지 눈물이 멈추지 않는다. 내가 살아 있다는 게 자꾸만 낯설어서 견딜 수가 없다. 아무도 만나고 싶지 않은 날이 있다. 누가 찾아오면 일부러 싫은 소리를 하기도 해. 내내 심통만 부리고 있어. 이런 나 자신이 싫다, 정말. 어째서 조금 더 넓은 마음으로 사람들을 대하지 못하는지, 정말 한심하다.

인간이란 대체 무엇일까? 어디에서 와서 어디로 가는 걸까? 하느님이 정말 계신 걸까? 어째서 하느님은 우리에게 이토록 엄청난 시련을 주시는 걸까?

나는 누구일까? 나는 어째서 나라는 인생을 살아야 하는 걸까? 미래 같은 거, 나는 믿지 않는다. 그런 거, 인간의 자아가 만들어낸 것에 불과해. 나는 미래보다 오늘을, 오늘보다 과거를 더 소중하게 간직하며 살 거야.

과거에 매달리는 나를, 리리카, 비웃지 말아다오. 이 세상에는 과거에서밖에 의미를 찾을 수 없는 사람도 있는 거란다.

 무슨 말을 하려는 건지 나도 모르겠다. 내가 요즘 정신이 오락가락하는 모양이다. 그러나 어떻게든 내 힘으로 극복해야겠지. 리리카도 부디 네 힘으로 씩씩하게 잘 살아다오. 나는 멀리서나마 너를 항상 응원할 거야. 언제라도, 어디서라도 응원할 거야, 언제든.

나가사와 후키노 님께

 대체 어떤 말을 믿어야 하나요? 모토지로가 죽었다는 게 사실인가요? 나는 도저히, 절대 믿을 수가 없습니다. 세상이 모두 함께 나를 속이려고 공모하는 것 같아요, 모두 합세해서 나를 괴롭히려고 작정했나 봐요. 그게 아니면 모토지로의 어머니 이름을 사칭해서 누군가 악의에 찬 장난을 치는 건가요?

 만약 그렇다면 이보다 몹쓸 장난은 없어요. 어떻게 모토지로가 죽었다는 거짓말을! 대체 무슨 권리로 그런 장난을 치는 건가요?

 누구라도 좋으니까 전부 다 거짓말이라고 해주세요. 이런 말도 안 되는 얘기를 믿으라니, 정말…… 안 돼요, 이런 건.

 정말 모토지로의 어머니신가요? 만약 그렇다면 모토지로의 사망증명서를 보내주세요. 호적이든 등본이든 아무튼 그의 죽음을 입증하는 명확한 서류를 내게 보여주지 않는 한 나는 절대로 믿지 않겠습니다.

모토지로가 내내 불치병에 시달리고 죽음과 함께 살아왔다구요? 그게 정말이라면 나는 그토록 고통스러운 모토지로에게 내내 시답잖은 고민거리를 털어놓으며 그 귀중한 시간을 보람도 없이 허비하게 했군요.

아뇨. 어머니가 말씀하신 그대로 모토지로가 나의 오빠라면 더욱 그렇지요. 오빠라구요? 정말 말도 안 돼요. 모토가 나의 오빠라구요? 그리고 이미 모토는 이 세상에 없다구요? 그런 말을 믿으라구요? 모토지로가 언제 죽었는지 똑똑히 증명하지 않는 한 나는 절대로 받아들일 수 없습니다. 모토지로가 오빠라는 증거도 보여주세요. 혈액형이든 유전자든 무엇이든 조사해서 정확한 사실만 내게 말씀해주세요.

아, 그럴 리가 없어요. 이런 건 싫어요. 모토지로가 죽었다니, 이미 이 세상에 존재하지 않는다니. 절대로 안 돼요. 그런 거짓말은 제발 하지 말아주세요.

사실만을 말해주세요. 사실은 어떤 건가요? 내가 비굴하게 살아왔기 때문에 하느님이 벌을 주시는 걸까요? 어머니, 제발 부탁입니다. 진실만을 얘기해주세요. 모토지로는 지금 어디서 무엇을 하고 있는지 진실만을 알려주세요. 나와 편지를 하고 싶지 않은 거라면 그렇다고 있는 그대로 얘기하시면 되잖아요?

이런 엉뚱한 얘기까지 지어내지 않아도 나는 다 이해할 수 있어요. 죽었다니요. 설마, 그런 끔찍한 일이…… 거짓말은 하지 말아주세요. 나는 사실을 알고 싶어요.

5월 25일
도오노 리리카 드림

나가사와 후키노 님

 앞의 편지를 부치고 난 뒤에 다시 한번 어머님께서 보내주신 편지를 읽어보았습니다. 몇 번이고 읽었습니다. 사실이군요. 나가사와 모토지로는 죽은 거로군요.
 저는 어떻게 하면 좋습니까?

리리카 드림

⭐ 안녕, 모토?

 썰렁한 농담은 그만해. 정말 질 나쁜 농담이야. 내가 아무리 못되게 굴었다지만 이런 농담은 너무 심하고 재미도 없다구. 내가 싫어졌다면 당당하게 그렇다고 말해. 이런 식으로 나를 시험하려 들다니, 정말 미칠 것 같아. 제발 부탁이니까, 나를 괴롭히지 마.
 지금 당장 답장을 해줘. 항상 해주던 그대로 나를 위로해줘. 제발 부탁이야. 지금 당장.

5월 26일
리리카

나가사와 후키노 님

 지금 하코다테로 출발합니다. 무척 고민했지만, 모토의 죽음을 제 눈으로 확인해야겠어요. 그것이 제가 할 수 있는 유일한 방법이니까요.

 만약 정말로 모토가 이 세상 사람이 아니라면 저는 그런 사실을 똑똑히 받아들이지 않으면 안 됩니다. 어떤 최악의 현실이 기다리건 있는 그대로 받아들이겠습니다. 모토의 말처럼 나는 강해져야 하니까요.

 분명 이 편지가 그곳에 닿기 전에 제가 먼저 하코다테에 도착하겠지요. 그래도 이 편지를 우편함에 넣고 가겠습니다. 제가 모토와 주고받던 편지는 항상 우편배달부가 연결해주곤 했으니까 나는 내 편지와 함께 하코다테로 가겠습니다.

 이제 더이상 우편함을 열어 모토의 편지를 발견하는 기쁨을 가질 수 없는 건가요? 이미 다 결론이 나버린 일인가요? 이제 더이상 모토에게 답장을 쓸 수도 없는 건가요? 우리 집 곁에, 항상 편지를 넣곤 하던 우편함에 모토에게 보내는 편지를 부칠 수도 없는 건가요? 모토를 위해 예쁜 편지지를 사러 다니는 것도? 모토에게서 편지가 오기를 목을 빼고 기다리는 것도?

   만약 천국과 펜팔이 가능하다면 나는 이번에야말로 성실하게, 아주 열심히 편지를 쓸 거예요. 편지가 온 바로 그날 안에 답장을 쓸 거예요. 그러니 모토가 죽었다는 말은 하지 말아주세요. 그런 거짓말로 나를 괴롭히지 말아주세요.

5월 26일
리리카 드림

어딘가에 나도 살아 있어

편지가 올 때마다 내 삶을 더 연장해도 좋다는 허락을 받는 것만 같다. 한 통의 편지에 생명 연장의 희망이 봉인되어 있는 듯한 느낌. 나의 단 하나의 누이, 귀하고 소중한 누이여.

나가사와 후키노 님께

 겨울이 지나고 다시 온화한 계절이 다가왔습니다. 정말 세월은 빨라서 그로부터 한 해가 지났군요. 어떻게 지내시는지요.
 저는 네 살 반 담임에서 이번에는 태어난 지 일 년도 안 되는 아기 반으로 옮겼습니다. 말을 할 줄 알던 아이들과는 달리 아직 제대로 고개도 가누지 못하고 앉지도 못하는 아기들을 돌봐주는 일입니다. 제가 엄마가 되었을 때를 대비해 정말 좋은 경험이 되겠지요? 게다가 아기들이 너무 예뻐요. 아직 아무것도 미래가 결정되지 않은 아기들을 보고 있으면 저까지 왠지 희망을 나눠 받는 것 같아 자꾸 힘이 납니다. 아마 요즘 제대로 된 사랑을 하고 있기 때문이기도 하겠지요. 그 사람과 결혼까지도 생각하고 있어요. 저도 머지않아 아이를 낳을 거라는 생각도 자연스럽게 들곤 한답니다. 가까운 장래에 가정을 갖고 싶은 마음이 간절하거든요. 보통 사람들처럼 행복이라는 것을 바라고 꿈꿀 수 있을 만큼 제가 건강해졌나 봐요.

세상을 증오하며 살았었다는 게 지금 와서 생각하면 믿을 수 없을 정도입니다. 이것도 모두 천국에 계신 모토, 아니 오빠가 인도해준 덕분이라고 항상 감사하는 마음입니다. 지금 어떻게 지낼까요, 오빠는? 오빠의 넋은 어디서 무얼 하고 있을까요? 분명 저 넓은 하늘 언저리에서 또 누군가를 돌봐주고 있을 것 같아요. 정말 마음이 선량한 오빠였어요. 그 선한 마음을 제가 이어 나가야 한다고 다짐하곤 합니다. 그리고 오빠 몫까지 꼭 행복해질 거라고 굳게 맹세합니다.

일 년 전, 저는 어머님이 안내해주셔서 오빠의 무덤 앞에 섰습니다. 그리고 가까스로 오빠의 죽음을 인정할 수 있었어요. 주변의 오래된 무덤 가운데 새로 지은 무덤, 오빠의 묘비만 유난히 반짝이던 게 아직도 머릿속에 생생합니다.

무덤 앞에 서게 되면 그만 쓰러져버리지 않을지 걱정했었는데, 내내 냉정할 수 있었던 나 자신이 이상하기만 합니다. 상큼한 봄바람이 무덤을 스치는 게 마치 모토지로 오빠의 영혼의 부름만 같았어요. 바람이 불 때마다 오빠가 미소 짓는 것처럼 느껴졌답니다.

그로부터 일 년이라는 시간이 무척 빠르게 흘러갔군요. 겨우 일 년인데 나는 벌써 몇십 년이 지난 것처럼 모든 것이 아련하기만 합니다. 삶에 좌절할 때마다 오빠가 보내주었던 편지를 꺼내

다시 읽곤 합니다. 편지를 주고받았던 게 정말 다행이었어요. 덕분에 편지가 남았으니까요. 오빠의 체온과 손길, 글씨의 느낌이 고스란히 남아서 아직도 그 속에 오빠가 강하고 늠름하게 존재하는 것만 같아요.

항상 오빠에게 격려를 받는 느낌이 드는 걸 보면 오빠는 지금도 내 곁에 있나 봐요. 살다 보면 여기저기에서 크고 작은 모함이나 괴롭힘을 당하게 마련이지요. 그러나 이제는 전처럼 도망치지 않아요. 그런 때는 오빠의 편지를 다시 읽어보고 강해지자고 나 자신에게 다짐하곤 합니다. 정말 모토 오빠와의 만남 덕분에 나는 이만큼 당당하고 강해질 수 있었어요.

모토 오빠의 존재는 내게 대체 무엇이었을까요? 이제는 이 세상에 존재하지 않는 오빠가 여전히 풍화되지 않고 내 마음속에 강하게 뿌리를 내리고 있습니다. 그리고 그 뿌리가 하늘 높이 우뚝 솟은 큰 나무로 자랐답니다. 나는 영원히 그 큰 나무 밑에서 노닐고 때로는 투정도 부리면서 조금씩 커가는 어린아이입니다. 항상 오빠라는 나무를 올려다보며 그 푸르른 잎사귀의 무성함에, 또 잎 끝에서 일렁이는 빛의 광채에 눈을 가늘게 뜨고 탄성을 올리곤 합니다.

어머니, 오빠는 우리가 살아 있는 한 우리 곁에 있습니다. 그리고 언제나 함께 삽니다. 모토의 아름다운 영혼은 불멸입니다.

우리가 살아 있는 한 오빠도 살아 있습니다. 저는 평생 오빠를 곁에 두고 살아갈 거예요. 오빠가 남겨준 말은 제게는 하느님의 말씀이나 마찬가지랍니다.

어머니, 시간이 나시는 대로 꼭 답장해주세요. 정말 한가하실 때, 그뒤 어떻게 지내시는지 꼭 들려주세요. 환절기입니다. 부디 몸 건강하시기를 기원합니다.

5월 28일
도오노 리리카 드림

추신 살다 보면 정말 갖가지 일이 있습니다. 그러나 모토 오빠의 몫까지 열심히 살 거예요. 절대로 지지 않을래요. 하긴 이런 말을 하면 오빠는 분명 인생이란 이기고 지는 승부가 아니라고 싱긋 웃겠지요? 그러나 저는요, 제 인생에 지지 않도록 노력해볼 거예요. 아니, 그런 게 아니라 나 자신에게 지지 않도록 노력한다는 게 더 맞는 말이겠지요?

여름방학을 이용해 친구와 홋카이도를 여행할 계획입니다. 하코다테에도 들를 생각입니다. 성묘도 꼭 하고 싶어요. 구체적으로 일정이 결정되면 연락드리겠습니다.

도오노 리리카 씨께

보내주신 편지 고마웠습니다. 세월이 참으로 빠르게 흘러갑니다. 모토지로가 세상을 뜨고 벌써 일 년 남짓한 세월이 흘렀군요. 시간이란 신비한 것입니다. 아무것도 하지 않아도 제 마음대로 흘러가는 것이니까요. 제가 바라건 바라지 않건 자꾸 흐르고 흘러 변해가니까요.

처음에는 모토지로의 죽음이 하루하루 퇴색되는 것 같아 달력이라고는 쳐다보기도 싫었습니다. 그러나 그 시간 덕분에 다시 인간다운 일상을 되돌릴 수 있었으니까 이제는 감사를 해야겠군요.

인간은 시간을 빌려 어떤 일에 매듭을 짓는 존재이고, 그렇게 매듭을 짓는 덕분에 살아가며 겪는 희노애락을 견딜 수 있나 봅니다. 슬픈 일도 기쁜 일도 시간이 그 막강한 힘으로 멀찌감치 떼어놓아주는 것이지요.

모토지로의 죽음. 그토록 괴롭던 그 일도 시간의 강이 고요하고 정갈하게 흐르는 속에서 차츰 치유되어 갑니다. 이제 평온하게 그 아이의 삶을 품어주어야겠다는 생각도 할 수 있게 되었어요.

땅에 묻히기 전에 모토지로는 일 년 만에 잠시 자신의 방에 돌아왔습니다. 차디차게 식어 돌아온 그 아이의 몸을 관에서 꺼내 자기 방 침대에 눕혀주었습니다. 모토지로가 병원에 입원해 있던 동안에도 그 아이의 방은 떠나기 전 그대로 두었습니다. 기필코 건강한 몸으로 돌아올 것이라 믿었기 때문에 언제 돌아오든 곧바로 제 방을 쓸 수 있도록 나는 하루도 청소를 거르지 않았습니다.

그 아이는 마치 살아 있는 듯 침대에 누워 있었습니다. 커튼 너머로 스며든 달빛에 조용하게 떠오른 그 모습에서 새액새액 잠든 숨소리까지 들려올 것 같았어요. 그렇게 평화롭고 착한 표정을 보는 건 참으로 오랜만이었습니다.

드디어 고통에서 자유로워진 것입니다. 나는 그것을 확실하게 느꼈습니다. 계속 그곳에서 그렇게 푹 자게 해주고 싶었습니다. 참혹하게 썩어 문드러진다 해도, 그리하여 마침내 하얀 뼈만 남는다 해도 그곳에 그대로 있게 해주고 싶었습니다. 한순간이었지만, 나는 정말 간절히 그렇게 해주고 싶다는 생각에 사로잡혀 있었습니다.

아직도 그 아이의 방은 그대로 남아 있습니다. 그 아이의 책상도, 옷도, 레코드도, 스테레오도, 그토록 좋아하던 스키 장비도 벽에 기대놓은 그대로입니다. 항상 하는 버릇대로 날마다 그 아이의 방을 쓸고 닦아놓습니다. 그 아이가 언제 돌아오든 곧바로 제 방을 쓸 수 있도록.

이따금 그 아이가 돌아온 듯한 느낌이 들 때가 있습니다. 한밤중에 어렴풋이 잠에서 깨어나면 모토지로의 방 쪽에서 소리가 나곤 합니다. 한번은 그 아이 방의 스탠드 불이 켜져 있어서 깜짝 놀랐습니다. 아, 역시 그애가 이따금 제 방에 들르는구나. 그 순간 참으로 기뻤습니다. 그러나 곰곰이 생각해보면 낮에 청소를 하다가 내가 깜빡 켜놓은 것인지도 모릅니다. 그러나 사실이 어떻건 상관없습니다. 그 아이가 가끔 제 방에 들른다고 믿고 살면 나는 행복해집니다. 아직 그 아이가 가까이 있다는 생각만으로도 행복합니다.

그 아이의 죽음을 받아들이는 데 참으로 많은 시간이 걸렸습니다. 요즘 가까스로 남아 있는 내 인생을 다시 직시하게 되었습니다. 모토지로의 죽음을 드디어 깨달은 것이라서 한편으로 무척 섭섭하기도 하지만, 그러나 이것이 내가 겨우 내딛게 된 첫발이라고 생각합니다. 앞으로 뭔가 일거리를 찾아 내 힘으로 살아가야 할 형편인지라 나도 예전보다 조금 더 강하게 살지 않으면 안 되겠지요. 인간이란 홀로 생을 맞이하고 죽음 또한 홀로 맞이해야 하는 존재입니다. 제아무리 복된 사람이라도 그 두 가지 일만은 아무도 대신해줄 수 없습니다. 그렇다고 인간이 고독한 존재라는 얘기를 하자는 것은 아닙니다. 그런 것이야 모두가 알고 있는 얘기지요. 그것을 알기 때문에 더더욱 인간은 서로 돕고 서로 협력하며 살아가는 것이겠지요.

며칠 전에 시내 사거리의 정류장에서 전차를 기다리고 있었는데 내 앞에 펼쳐진 풍경 속에서 문득 모토지로를 발견했습니다. 그 아이는 여름옷 차림이었고 친구들과 함께 도로를 뛰어 건너가고 있었습니다. 나도 모르게 큰 소리로 "모토지로!"라고 부르고 말았습니다. 그것이 환영이라는 것을 깨달은 순간 걷잡을 수 없는 슬픔이 복받쳐서 그 자리에 주저앉아 울어버렸습니다. 길 가던 사람이 친절하게 내 손을 잡아 상가 아래의 그늘로 데려가 주더군요. 괜찮으냐는 물음에 나는 똑똑하게 "예에, 이제 괜찮아요"라고 대답했습니다.

'예에, 이제 괜찮아요.'

그렇게 마음속으로 수없이 중얼거렸습니다. 거리의 환한 햇빛 속에서 이미 모토지로의 모습은 사라진 지 오래였습니다. 낡아빠진 노면 전차가 끼이익 소리를 내며 하코다테 항구 쪽으로 돌아가더군요.

그 순간에 드디어 모토지로의 죽음을 인정할 수 있게 된 것 같습니다. 거리를 훑고 지나가는 바닷바람이 뺨에 부딪혔을 때 나는 조용히 눈을 감고 '그 아이는 죽었다'라고 내게 고했습니다.

리리카 씨, 시간이 있을 때면 부디 모토지로의 무덤에 들러주세요. 그 아이가 얼마나 반가워할지 눈에 선합니다.

이렇게 내 얘기를 편지에 적다 보니 마음이 한결 가벼워집니다. 내 이야기를 들어줄 사람이 있다는 것, 모토지로에 대해 이렇게 함께 이야기를 나눌 사람이 있다는 것이 내게는 얼마나 행복한 일인지 모릅니다.

리리카 씨가 모토지로의 누이라면 내게는 딸입니다. 그러나 리리카 씨의 인생에 폐를 끼치는 일은 절대로 하지 않을 거예요. 그저 틈나는 대로 이따금 나와 모토지로가 사는 곳에 들러주세요. 그리고 그 뒤에 어떻게 지냈는지 내게도 들려주세요. 저는 모토지로가 했던 것처럼 가만히 리리카 씨의 말에 귀를 기울이고, 모토지로처럼 다정하게 미소를 지어주고 싶습니다.

6월 7일
나가사와 후키노 올림

추신 동봉한 것은 모토지로의 어릴 적 사진입니다. 곁에 선 사람은 제 남편인 나가사와 겐자부로입니다. 두 사람은 함께 산 게 몇 년밖에 안 되었기 때문에 아버지와 아들이라는 느낌은 그다지 많지 않지만 짧은 기간이나마 무척 정이 들었고, 예전에 배를 탔던 제 남편을 모토지로는 아버지로서 대단히 존경했었습니다(제 남편은 육지에 올라온 뒤에 무역 회사에서 일하게 되었고 그때 리리카 씨의 아버님을 알게 되었습니다). 그 사람의 갑작스런 사망에 모토지로는 큰 충격을 받았던지 석 달 가량 목소리가 나오지 않아 말을 하지 못했습니다. 물론 두 사람 곁에 있는 건 저입니다. 챙이 큼직한 모자를 쓰고 꽤 멋을 부린 것 같지만 사실은 그날 화장을 못해서 살짝 감춘 것이랍니다.

도오노 리리카 님께

하코다테는 이제야 겨우 따뜻한 바람이 불기 시작하는데, 도쿄는 벌써 초여름이겠지요? 한 번도 도쿄에 가본 적이 없어서 리리카 씨가 사는 동네가 어떤 곳인지 짐작도 못하지만, 가끔 텔레비전에서 젊은이의 거리라고 소개하는 것을 볼 때마다 그곳에서 어린아이들과 함께 건강하게 지내고 있을 리리카 씨를 생각하곤 합니다.

지난번에 아들의 성묘를 위해 하코다테에 들러주셔서 정말 고마웠습니다. 아들을 잃은 뒤로 항상 마음이 울적했었는데 리리카 씨의 맑고 건강한 모습을 보고 나도 열심히 살아야겠다고 나 자신을 격려하는 중입니다.

그리고 안도 마사히코 씨에게도 인사말 전해주세요. 안도 씨는 한 번도 만난 적이 없는 모토지로의 묘 앞에서 오랫동안 공손하게 기도를 해주시더군요. 안도 씨가 모토지로와 무슨 얘기를 나누었는지 어렴풋이 짐작은 갑니다. 이제 곧 기쁜 소식이 올 것 같아 잔뜩 기대하고 있는 참입니다. 아니, 이런 일은 미리 앞질러 발설하지 않는 게 좋다는데…… 그저 리리카 씨 일밖에는 다른 즐거움이 없는지라 마음이 성급해진 탓이라고 널리 이해해주세요.

모토지로도 분명 크게 기뻐하겠지요. 리리카 씨가 그 아이의 무덤 앞에서 기도하고 있을 때 나는 빛의 움직임을 보고 그걸 깨달았습니다. 마치 리리카 씨의 온몸이 빛에 휩싸인 것 같았습니다. 한순간이긴 하지만 리리카 씨의 머리끝에서 발끝까지 한줄기 빛이 흘러내리는 것을 똑똑히 보았습니다. 모토지로가 바로 곁에까지 다가왔던 것이라고 생각합니다.

모토지로는 누이동생을 격려하고 인도하고 나서야 이 세상을 뜰 수 있었습니다. 그 아이에게 가장 행복한 시간이었습니다. 그것도 신의 은총이겠지요. 요즘은 그렇게 생각하며 삽니다. 아쉽도록 짧은 인생이었지만 그 아이는 누이동생과의 편지 왕래를 통해 마지막이나마 참으로 충실한 나날을 보낼 수 있었습니다.

그래서 나는 우편배달부를 볼 때마다 고맙다고 꾹꾹 인사를 합니다. 그분들의 노고 덕분에 비로소 오누이가 서로 맺어졌으니까요.

이 시간에도 세계 곳곳에서 우편배달부들이 일하고 있겠지요. 얼마나 많은 우편배달부들이 있을까요? 일일이 셀 수 없을 만큼 수많은 우편배달부들이 땀을 흘리며 뛰고 있을 거예요. 그런 상상만 해도 나는 힘이 납니다. 세계 곳곳에서 그분들은 마음과 마음을 이어주고 있을 테니까요. 인터넷으로 간단하게 교신할 수 있는 요즘 시대에도 그분들은 산을 오르고 강을 건너며 어디든 발로 찾아다니니 참으로 믿음직스럽기 그지없어요.

물론 저도 메일쯤은 할 줄 압니다. 메일 주소도 있어요. 그러나 중요한 용건은 반드시 편지로 합니다. 상대방에게 내 마음을 정확하게 전하고 싶을 때는 저절로 펜을 준비하게 됩니다. 글씨가 서투르기 짝이 없는데도 워드프로세서를 쓸 생각은 하지 않습니다. 제 삐뚤삐뚤한 글씨 속에 인간다움이 담겨 있을 테니까요.

모토지로가 유난스럽게 편지를 고집했던 심정을 나도 이해하게 되었습니다. 리리카 씨가 편지를 번거로워하지 않았던 게 얼마나 다행이었던지요. 그 편지 왕래를 다시 이어보고 싶습니다. 모토지로 얘기를 누군가에게 하고 싶을 때마다 나는 리리카 씨에게 편지를 쓰겠습니다. 앞으로도 부디 내 편지를 읽어주신다면 저는 정말 기쁘겠습니다.

시간이 나거든 다시 모토지로의 흔적이 남은 하코다테에 놀러 와주세요. 지난번에는 리리카 씨가 모토지로의 방에도 들러주어서 그 아이는 분명 뛸 듯이 기뻐했을 것입니다. 나도 정말 흐뭇

했습니다. 그 아이의 방은 앞으로도 그대로 간직해둘 생각입니다. 리리카 씨에게 이제 곧 가족이 생기고 여행을 하게 될 때는 부디 모토지로의 방을 이용해주세요. 나는 '홋카이도의 어머니'로서 리리카 씨의 가족들을 내 식구처럼 반갑게 맞이하고 싶습니다.

또 모토지로 얘기만 잔뜩 늘어놓고 말았군요. 그야 별수 없는 일이기는 하지만, 마지막으로 내 얘기도 한 가지 덧붙일까 합니다. 부디 비웃지 말고 들어주시기 바랍니다.

사실은 재혼을 고려하고 있는 중입니다. 모토지로가 병원에서 투병생활을 하던 때부터 항상 나를 염려하고 도와주시던 분인데, 모토지로의 일주기(一周忌)를 보낸 직후에 청혼을 받았습니다. 부인과 일찌감치 사별하는 바람에 자녀분도 없이 나와 비슷하게 외로운 처지예요. 무엇보다 심성이 착한 분이고 생전의 모토지로를 아버지처럼 걱정해주었습니다. 모토지로에게는 끝내 그분의 얘기를 털어놓지 못했지만 이제는 모토지로 대신 리리카 씨에게 허락을 받고 싶습니다. 리리카 씨가 모토지로 대신 우리를 축복해준다면 나도 안심하고 재혼할 수 있을 것 같습니다.

길게 쓸수록 두서없는 내용이 될 것 같아 오늘은 여기서 그만 펜을 놓겠습니다. 안도 씨에게 꼭 안부 전해주십시오. 두 분이 항상 다정하고 행복하시기를 간절히 빕니다.

7월 3일
나가사와 후키노 올림

나가사와 후키노 님께

 건강하게 지내신다는 말씀에 마음이 놓였습니다. 게다가 정말 기쁜 소식까지 보내주셨어요. 재혼을 생각하고 계시다는 말씀, 너무 멋집니다. 하늘의 모토 오빠는 저보다 더 기뻐할 거라고 믿습니다. 단 한 번뿐인 인생이잖아요? 부디 더이상 망설이지 말고 결단을 내려주세요.

 그리고 지난번 성묘 때는 정말 여러 가지로 고마웠습니다. 안도까지 데리고 가서 제가 도리어 폐를 끼치고 말았습니다. 맛있는 하코다테 요리까지 대접해주시고…… 정말 맛있었습니다. 그렇게 맛있는 생선은 이곳 도쿄에서는 웬만해서는 구경도 할 수 없는걸요. 오징어 전골은 정말 환상적인 일품 요리였어요.

 다음 성묘 때도 그 식당에 데려가주세요. 그때는 그분과 셋이서, 아니 안도도 함께 하면 모두 네 사람이 함께 즐거운 식사 자리가 되겠지요?

 그날 들렀던 모토 오빠의 방은 너무도 인상적이었습니다. 가장자리에 틀만 없을 뿐 마치 한 장의 그림 같았어요. 고즈넉한 분위기가 여전히 생생하게 살아 있는 것 같은 긴장감…… 묘한 얘기지만 방 그 자체가 고스란히 살아 있었습니다.

방 안에 들어서는 순간 등줄기에 서늘하게 스치는 무언가를 느꼈습니다. 그곳에서 모토 오빠가 몸과 마음을 키웠다는 생각에 가슴이 메이는 것 같았어요. 가구, 장식물 하나하나도 모두 숨을 쉬고 오빠가 아직도 그곳에 살고 있는 듯한 느낌이었습니다. 아니, 모토 오빠는 아직도 살아 있습니다. 모토 오빠는 분명 살아 있어요. 그 방에 들어선 순간 오빠의 생명을 생생하게 냄새로 느꼈습니다. 그 존재를 똑똑히 보았습니다. 그 생명 안에 뛰어들 수 있었습니다. 안도도 나와 같은 느낌을 받았다고 했어요.

모토 오빠와 편지를 주고받았던 건 내게는 큰 행운이었습니다. 생명의 존엄함과 무게를 이렇게 실감할 수 있으니까요. 저는 제 인생을 결코 함부로 하지 않으리라 다짐합니다. 부디 어머니도 멋진 제2의 인생을 구가해주세요. 그게 모토 오빠의 간절한 바람이기도 하답니다.

7월 8일
도오노 리리카 드림

도오노 리리카 씨께

모토지로는 결코 잊혀지지 않는 제 하나뿐인 아들입니다.

언제 어디서건 문득 생각이 나고 맙니다. 기억이란 정말 괴로운 것. 그 아이만이 내 인생이었으니까요. 그 아이의 죽음을 받아들이자면 그 아이와 살았던 것과 똑같은 만큼의 치유 기간이 필요한 모양입니다. 이제 괜찮다고, 이제 새로운 인생을 살 수 있다고 다짐에 다짐을 하는데도 그게 쉽게 되지를 않는군요. 서글픔이 불현듯 나를 덮치고 놓아주지 않습니다. 눈이 내리면 내리는 대로, 바람이 불면 부는 대로, 비가 오면 오는 대로 그때마다 사랑했던 자식의 일을 떠올리겠지요. 언젠가 꼭 한 번이라도 그 아이를 다시 만나고 싶습니다.

동봉한 것은 모토지로가 병실에서 썼던 일기 중에서 리리카 씨에 대한 부분을 뽑아 복사한 것입니다. 모토지로는 병상에서 이따금 일기를 썼습니다. 지난번에 우리 집에 들렀을 때 보여드렸더라면 좋았을 것을, 리리카 씨를 만나 너무 기쁜 나머지 깜빡 잊었습니다. 제대로 하자면 일기를 전부 보여드려야겠지만, 모토지로도 다 보여주는 건 좀 부끄러울 테니까 제 맘대로 발췌해서 보내드립니다.

리리카 씨, 앞으로도 부디 나와 함께 해주세요. 어린이집 일에 너무 무리하지 말고 부디 건강하게 지내시기를 빕니다.

8월 15일
후키노 올림

5월 8일

오늘 리리카에게서 편지가 왔다. 이 편지가 오기를 얼마나 기다렸는지! 인간이란 기다리는 동물이다. 인간처럼 기다릴 줄 아는 동물은 없다. 인간은 분명 기다리기 위해 태어난 존재일 게다. 어떤 사람보다도 명확하게 죽음을 기다리고 있는 나. 그러니까 나처럼 인간다운 인간도 없는 게 아닐까? 그런 생각을 하며 이따금 혼자 웃는다.

편지가 올 때마다 내 삶을 더 연장해도 좋다는 허락을 받는 것만 같다. 한 통의 편지에 생명 연장의 희망이 봉인되어 있는 듯한 느낌. 나의 단 하나의 누이, 귀하고 소중한 누이여. 내게 누이동생이 있다는 것을 알았을 때는 얼마나 기뻤는지! 이제 내 평생에 혈육은 만나지 못할 거라고 포기하고 살아왔었는데. 정말 만나고 싶다. 만나서 많은 얘기를 나누고 싶다. 내 인생에 대해, 내 누이의 인생에 대해. 그리고 리리카의 미래를 한편이 되어 응원해주고 싶다. 리리카는 이 세상에서 단 하나뿐인 나의 누이가 아닌가. 리리카가 행복해지는 것을 지켜보고 싶다.

내 계획대로 리리카는 내가 누군지 알지 못한다. 그 아이를 속이는 것 같아 마음이 괴롭다. 이게 정말로 옳은 방법인지 회의가 들곤 한다. 솔직하게 내가 오빠라고 밝혔어야 하지 않을까? 그리고 내 생명이 이제 얼마 남지 않았다고 말해줘야 했던 게 아닐까? 너무 고민스럽다. 아니, 그건 불가능한 일이다. 차마 할 수 없는 짓이다. 리리카는 지금 인생의 밑바닥에서 허우적거리고 있지 않은가. 거기에다 덜컥 슬픈 소식을 들고 나타난다는 건 그 아이의 불행한 삶을 채찍으로 내려치는 짓이다. 혼자서 이 세상을 외롭게 건너온 그 아이에게 오빠라는 사람이 나타나 고독의 무거운 굴레를 벗겨주는가 싶더니 금세 그 오빠라는 작자가 죽어버리다니. 그건 천국을 잠시 보여주고는 곧바로 지옥에 밀어넣는 짓이다. 그런 짓은 절대로 할 수 없다. 그래서 생각해낸 게 편지라는 방법이 아닌가. 이 방법이라면 거짓말을 감춘 채 리리카의 인생을 얼마든지 격려해줄 수 있다.

나중에 적절한 이유를 대고 나는 조용히 물러서면 된다. 오빠라는 사실은 영원히 감추고 조용히 이 세상을 뜨면 된다. 그 다음에는 별이 되어 하늘 끝에서 리리카에게 용기를 주리라. 그렇게 하면 되는 거다…….

5월 10일

아버지가 계신 곳을 리리카에게 알려줘야 할지 말아야 할지 고민이다. 남은 시간이 짧은 나는 이제 새삼스럽게 아버지라는 인간을 만나봤자 아무 소용도 없지만, 앞으로도 오래 이 세상을 살아갈 리리카는 나와는 다르지 않은가. 그러나 친아버지가 어떻게 살고 있는지 정확하게 알아보지 않고서는 안이하게 만나게 해줄 수는 없다. 만약 그 일로 인해 리리카가 더 큰 상처를 입게 된다면 차라리 만나지 않는 게 더 나을 테니까.

미하라 선생님께 한번 알아봐달라고 부탁해야겠다. 만약 괜찮을 것 같으면 미하라 선생님을 통해서 조심스럽게 리리카에게 아버지 얘기를 전하는 게 좋을 것 같다. 고민에 빠진 리리카는 아마 편지로 내게 상의를 할 것이다. 그러면 자연스럽게 한번 만나는 것도 좋지 않겠느냐고 권해보는 거다. 그 다음에는 신중하게 그 아이의 마음을 조절해주자. 만약 그 사람이 아버지로서 적합하지 않은 인물이라면 그걸로 끝나는 얘기다. 그러나 지금은 가능성의 싹까지 잘라버릴 수는 없다. 내가 없어진 뒤에 그 아이가 천애고아가 되는 것만은 어떻게든 막아주어야 할 텐데…….

이제 와서 아버지라고? 그런 인간은 아버지가 아니다. 내 아버지는 단 한 사람, 나가사와 겐자부로뿐이다. 그리고 어머니는 나가사와 후키노뿐.

5월 27일

  보내온 편지를 곧바로 열지 않는 것은 그 여운을 되도록 오래 즐기기 위해서. 품에 꼭 안아보고 물끄러미 쳐다보고 때로는 향기까지 맡아본다. 향기를 맡다니, 어쩐지 정상이 아니라고 느껴지긴 하지만 편지에서 떠도는 향기가 말 그대로 누이 그 자체인 것만 같다. 편지니까 이렇게 얼마든지 상상의 나래를 펼 수도 있는 게 아닐까?

7월 18일

내가 꼬박꼬박 추신을 붙이는 이유는…… 꼭 답장을 받고 싶어서. 매번 답장을 강요할 수는 없는 노릇인지라 아닌 척하며 추신에 갖가지 질문을 달아보내는 거다.

자, 드디어 리리카가 보내준 편지를 연다! 오늘밤도 또다시 잠을 못 잘 만큼 리리카의 인생에 대해 고민하게 되겠지?

9월 9일

 거짓말로 꾸며 펜팔을 이어간다는 것에 오늘 막중한 책임감을 느꼈다. 지금이라도 내 정체를 밝혀야 하는 게 아닐까? 아무리 남은 시간이 짧다 해도 우리 두 사람은 만나야 하는 게 아닐까? 정말 만나고 싶다. 만나서 누이의 얼굴을 보고 싶다. 그러나, 그러나…… 역시 안 되겠다. 달콤한 사탕과도 같은 기쁨 뒤에 천 길 낭떠러지로 떠미는 짓은 하고 싶지 않다.

 물론 그게 나한테는 훨씬 더 편한 길이겠지. 죽음을 코앞에 둔 내 처지에 누이동생이 곁에 있어준다면 정말 큰 위안이 되리라. 그러나 어떻게 그 아이를 하코다테까지 불러들여 내가 곧 죽을 몸이라는 통고를 한단 말인가. 못난 오빠를 만나자고 머나먼 길을 달려와 병원 입원실에서 바싹 말라빠진 내 꼴을 보게 되면 그 아이는 어떤 생각을 할 것인가. 그런 끔찍한 짓은 차마 할 수 없다. 할 수 없다.

 아아, 나는 어떻게 해야 좋은가. 어떻게 해야 좋은가.

10월 1일

죽고 싶지 않다. 문득 문득, 내가 죽는다는 사실을 도저히 받아들일 수 없어 혼란에 빠지고 만다.

10월 12일

  아직은 리리카에 대한 격려가 부족하다. 지금 내가 없어진다면 그 아이는 또다시 안 좋은 감정에 패배하여 몹쓸 사람이 되고 말 것이다. 아직은 죽을 수 없다, 그렇다. 하늘이여, 나를 평균 수명의 삼분의 일이라도 좋으니 아직은 조금만 더 살게 해달라. 조금만 더, 이 년만, 아니 일 년만이라도 더 살게 해줄 수 없겠는가. 어떻게든 리리카를 저 지옥과도 같은 세계에서 구해내야 하는데…… 내게는 시간이 필요하다. 아직은 죽고 싶지 않다. 죽을 수 없다.

10월 30일

 대체 누구를 향해 이 일기를 쓰고 있는 걸까. 내가 죽은 후에 이 일기를 읽게 될 모든 사람들을 위해, 그들의 슬픔을 달래주기 위해 마지막 결론을 내주려고 이 글을 쓰고 있는지도 모른다. 나 가사와 모토지로, 너 참 어지간히 친절하구나……

11월 4일

  리리카는 나를 필요로 한다. 내게 손을 내밀었다. 내 충고를 기다려주었다. 기다려주었다. 나는 오빠로서 그 아이에게 도움이 되고 있는 거다.

  나는 수없이 그 아이의 편지를 다시 읽는다. 몇 번이고, 몇 번이고. 그리고 편지에 입을 맞춘다. 리리카, 너는 나의 비너스. 너는 내 몫까지 살아야 해. 절대로 삶을 경시해서는 안 돼. 충실하고 보람찬 인생을 누려야 해……

12월 24일

 편지지를 봉투에 넣을 때 그리고 꺼낼 때, 아주 짧은 한순간 나는 신께 깊은 감사를 드린다.

옮긴이의 말

선물과도 같은 소설

꿈과 고독

츠지 히토나리에 대해 말할 때 빠지지 않고 나오는 찬사가, 다재다능한 인물이라는 것입니다. 시인, 소설가, 에세이스트, 동화작가, 에코스(Echoes)라는 록밴드를 이끄는 뮤지션, 드라마 및 시나리오 각본가, 영화감독이라는 직함을 두루 다 가졌으니까요. 더구나 그 각각의 분야에서 빠짐없이 성공을 거두었으니 정말 대단하지요.

소설가로서 데뷔한 첫 작품 『피아니시모』는 스바루 문학상을, 『해협의 빛』은 일본 문단의 최고 권위인 아쿠다가와 상을 수상했고, 에쿠니 가오리와 함께 쓴 『냉정과 열정 사이』 『질투의 향기』 등이 베스트셀러 반열에 올랐습니다. 또한 사회적, 정치적으로 첨예한 이슈에 대한 글쓰기도 활발해서 「태양 기다리기」

「푸른 하늘의 휴가」 등의 작품으로 문단에서도 지적인 작가로 알려져 있습니다. 그의 동화 『미라클』, 에세이집 『그곳에 나는 있었다』의 글은 일본 중고등학교 교과서에 실렸을 정도입니다. 유럽에도 그의 작품이 활발히 소개되었고, 『하얀 부처 白佛』라는 소설은 프랑스의 대표적 문학상의 하나인 페미나 상을 수상하기도 했습니다.

1980년에 결성된 록밴드 에코스를 통해 해마다 새 앨범을 발표하고 있고, 영화 부문에서도 츠지 히토나리는 독특한 자신의 위치를 가졌습니다. 〈천년여인 千年旅人〉이라는 그윽한 향수를 풍기는 제목의 영화는 베네치아 국제 영화제 비평가 주간에 정식 초대되었고, 〈부처〉라는 영화는 베를린 영화제 파노라마 부문에 출품, 아시아 영화제에서는 최우수 이마쥬 상을 수상했습니다.

그의 베스트셀러 소설은 텔레비전 드라마의 원작으로 도입되기도 했는데 그중 대표적인 작품이 바로 이 책 『사랑을 주세요』입니다.

참으로 문학, 음악, 영상, 프로듀스의 모든 면에서 다재다능한 인물이지요. 게다가 화제를 몰고 다닌다는 점에서도 츠지 히토나리는 두드러지는 인물입니다. 사생활에 대한 이야기를 하는 것은 적잖이 실례가 되겠지만, 1995년에 여배우 미나미 가호와 결혼했다가 2000년에 이혼하였고, 2002년에는 일본의 대표 여배우이며 영화 〈러브레터〉의 "오겡키데스카"라는 한마디로 우리 팬들에게도 널리 알려져 있는 나카야마 미호와 결혼하여 이제 곧 아빠가 된다는 소식이 한동안 각 신문과 잡지를 장식했습니다. 이 두 사람의 만남에 대해 츠지 히토나리 본인이 자신의 공식 홈페이지에서 밝힌 내용이 아름다워서 잠깐 소개합니다. 작가는 『해협의 빛』의 프랑스판 출판에 따른 광고 및 취재를 위해 파리를 찾았는데 드골 공항에서 스페인행 비행기를 갈아타러 지나가던 나카야마 미호를 먼발치에서 보았고 그 순간 '기껏 십여 초의 일방적인 만남이었지만 그녀의 모습과 분위기에는 반듯한 의지와 강한 존재감이 있었다'는 느낌을 피력하고 있습니다. 마흔이 넘은 나이에 공항에서 스친 여배우에게 한눈에 빠져들고 거의 일방적인 구애를 할 정도의 열정! 소년 같은 순수함이 아니면 나올 수 없는 대담한 열정이 아닐런지요.

눈이 핑핑 돌 만큼 대단한 이력의 인물이라서 그의 예술 활동의 흐름을 몇 마디로 규정하기란 쉽지 않지만, 그의 이력이나 각 분야의 작품을 가만히 들여다보면 한 가지 일관된 면을 찾아볼 수 있습니다. 츠지 히토나리를 만난 많은 인터뷰어들은 공통적으로 그를 이렇게 표현합니다.

"지적이며 냉정하고 약간은 쓸쓸해 보이는, 그러나 어딘지 어리고 순수한 티가 가시지 않은 소년과도 같다……."

1959년 도쿄 출신. 보험회사에 근무하는 엘리트 샐러리맨을 아버지로 둔 평범한 중산층 가정에서 자랐지만 고도 성장기의 일벌레 아버지 덕분에 자주 전학을 다녔고 그 바람에 이른바 '왕따'를 당했다고 합니다. 그런 속에서 그의 기본적인 신념으로 자리잡은 것이 '고독'과 '패거리 만들지 않기'라고 합니다.

그의 다방면의 예술 활동에는 모두 그만의 독특한 꿈이 담겨 있습니다. '기본에 충실하자'라는 명언도 있지만 사랑에서든 일에 대해서든 그의 꿈은 기본에 충실한 순수함입니다. 그것은 고독하기 때문에 가능했을 것입니다. 그만이 꿈꾸는 사랑을, 그만이 꿈꾸는 음악을, 그만이 꿈꾸는 영상을 어린 소년과도 같이 즐겁게(!) 혼자서(!) 열심히(!) 하나하나 만들어나간 것입니다. 물론 에쿠니 가오리의 지적대로 그가 지닌 '근본적인 재능'이 그 바탕이었겠지요.

리리카와 모토지로

『사랑을 주세요』에도 그런 고독하고 즐겁고 착실한 꿈이 듬뿍 담겨 있습니다. 이 세상에는 훌륭한 소설이 많지만, 리리카만큼 매력적인 여주인공은 드물다고 나는 번역을 하면서 생각했습니다. 단단한 자아의 성채를 지닌 리리카는 자유롭습니다. 자신만의 의지로 당차게, 정직하게 삶에 도전하고 절망하는 젊은 리리카. 그녀의 불꽃 같은 절망은 껍질을 깨고 나오려는 치열한 성장의 아픔입니다. 갇힌 터널이 깊고 어두울수록 마침내 내다보이는 바깥의 빛이 눈부시듯 리리카는 그 깊은 절망을 통해 새로운 세상과의 화해라는 환한 빛 쪽으로 다가갑니다. 리리카의 젊음, 그 진지한 도전과 자기 응시가 나는 참으로 눈이 부시고 부러웠습니다.

모토지로는 그런 리리카를 이끌어주는 등불의 역할을 합니다. 삶과 타인을 사랑하는 방식에 대해 죽음을 앞둔 모토지로를 통해 새삼 되짚어보게 됩니다. 어떻게 사랑해야 하는가, 둘이 함께 어디를 바라보아야 하는가. 삶에서 가장 소중한 것은 무엇인가……

우리는 모두 외로움을 느낍니다. 세상은 너무도 빠르게 흘러가는데 나 혼자만 멍하니 뒤처져 있는 듯한 외로움. 여기저기 사랑은 넘쳐나지만 진짜 사랑은 아무래도 내 손안에 실감 있게 잡히지 않는 아쉬움. 그래서 누군가에게서 진심으로 사랑받기를, 누군가를 진심으로 사랑하기를 우리는 간절히 원합니다. 때로는 '사랑을 주세요!'라고 가만히 호소하고 싶기도 합니다.

그런 우리에게 꿈과 고독의 작가 츠지 히토나리는 '사랑하는 방식' '사랑받는 방식' 나아가 '삶을 사랑하는 방식'을 보여줍니다. 도쿄의 시모기타자와, 옛 풍정이 살아 있는 하코다테의 돌담길과 밤하늘, 오키나와의 건강한 햇살이 영상처럼 펼쳐지고 따뜻한 슬픔이 가득한 음악이 잔잔하게 울리는 속에서.

이 책은 츠지 히토나리가 무언가에 굶주린 우리를 위해 보내준 별빛 같은 선물입니다.

2004년 1월
양윤옥

옮긴이 양윤옥

일본어 전문 번역가.
『슬픈 李箱』『그리운 여성모습』『글로 만나는 아이 세상』 등의 책을 썼으며,
『철도원』『일식』『달』『게이샤의 노래』『장미 도둑』『플라나리아』『연애중독』
『가면의 고백』『내일을 노래하리―미우라 아야코 유작 자서전』『물의 뱃머리』
등의 문예서와 『그러니까 당신도 살아』『세상을 선물한 개』『살아 있습니다 15세』
『꿈을 향해 뛰어라』『내 사람을 만드는 말, 남의 사람을 만드는 말』
『심리전, 주도권은 언제나 나에게 있다』『성공을 부르는 말, 실패를 부르는 말』
『한국은 지금』『팝콘 천사』 등을 우리말로 옮겼다.

사랑을 주세요

1판 1쇄 2004년 1월 19일
1판 23쇄 2025년 12월 1일

지은이 츠지 히토나리
옮긴이 양윤옥

책임편집 정혜경 이승희
디자인 이승욱 박진범
마케팅 이보민 손아영

펴낸곳 (주)북하우스 퍼블리셔스 ǀ **펴낸이** 김정순
출판등록 1997년 9월 23일 제406-2003-055호
주소 04043 서울시 마포구 양화로 12길 16-9(서교동 북앤빌딩)
전화 02-3144-3123 ǀ **팩스** 02-3144-3121
전자우편 editor@bookhouse.co.kr ǀ **홈페이지** www.bookhouse.co.kr
인스타그램 @bookhouse_official

ISBN 978-89-5605-085-0 03830